Depuis plus de dix ans, **Erin McCarthy** réjouit le cœur des lectrices de romance du monde entier. Y compris en France où ses romans, à la fois torrides et pleins d'humour, sont rapidement devenus des incontournables de la romance érotique. C'est dans l'Ohio, où elle vit avec son mari et ses deux enfants, qu'elle s'adonne à sa passion pour l'écriture.

Retrouvez son univers sur www.harlequin.fr

Pour t'oublier

ERIN McCARTHY

Pour t'oublier

Sexy

HARLEQUIN

Collection : SEXY

Titre original : DEEP FOCUS

Traduction française de EMMANUELLE SANDER

HARLEQUIN

83-85, boulevard Vincent-Auriol, 75646 PARIS CEDEX 13.

Service Lectrices — Tél. : 01 45 82 47 47

www.harlequin.fr

ISBN 978-2-2803-5011-2 — ISSN 2426-7945

Chapitre 1

Quelque chose ne tournait pas rond. Presque tout le monde était nu dans cet aéroport.

Melanie regarda autour d'elle, fronçant les sourcils. Bon sang, Ian avait brisé leur accord !

— Tu m'avais dit que le travail, c'était terminé ! s'indigna-t-elle. Depuis minuit hier soir, nous sommes en vacances, je te rappelle ! Et notre avion pour Mexico décolle dans une heure.

Elle pointa du doigt le groupe d'hommes et de femmes assis nus comme des vers sur les chaises en plastique dur du hall B de l'aéroport O'Hare.

— Et ceci m'a tout l'air d'être du travail, ajouta-t-elle d'un air accusateur.

Elle n'aurait jamais dû lui faire confiance, ni le laisser se rendre seul à l'aéroport. Elle aurait dû passer le chercher à son appartement, mais celui-ci ne se trouvait pas sur son chemin et Ian avait refusé de dormir chez elle sous prétexte qu'il détestait son lit. Elle était donc venue seule… pour découvrir ce spectacle…

Tout cela était ennuyeux. Terriblement ennuyeux. Si leur relation partait en lambeaux, c'était justement parce que Ian travaillait tout le temps. Certes, son entreprise de photographie connaissait un succès commercial qui dépassait ses rêves les plus fous. Certes, il avait des responsabilités et devait répondre aux attentes de ses clients, mais ces vacances étaient censées lui apporter un repos bien mérité. Et à elle, quelques orgasmes tout autant mérités !

Il leva les mains d'un air contrit et haussa les épaules comme pour s'excuser.

— Mel, ma chérie, je n'ai pas pu résister. Je n'ai jamais organisé de séance photos dans un aéroport et j'y ai vu l'occasion rêvée de capturer le grouillement de l'humanité. C'est merveilleux, non ? Et c'est toi qui m'en as donné l'idée.

Non, cette fois, elle ne se laisserait pas berner par son beau discours, ni son bel accent néozélandais.

— Ça m'est égal, dit-elle, en lâchant la poignée de sa valise, les yeux baissés sur ses orteils.

Elle regrettait déjà d'avoir dépensé cinquante dollars en pédicure avant de partir.

— Hors de question qu'on rate notre avion, je te préviens, Ian !

— Ne sois pas stupide, gronda-t-il, remontant ses lunettes sur sa tête.

Puis son regard se porta derrière elle et il fit signe à quelqu'un de les rejoindre.

Melanie se retourna et aperçut un homme en costume. Il paraissait totalement déplacé au milieu de toute cette exposition de chairs. Le pauvre homme voyageait sans doute pour affaires et s'était égaré dans le monde de l'art. Art qui se matérialisait sous forme de seins et de fesses rebondies.

Melanie fusilla Ian du regard.

— Il est 9 heures ! Et notre avion est censé décoller à 10 heures.

Elle se considérait comme une femme incroyablement raisonnable. Elle ne s'était jamais plainte des horaires de son petit ami et ne l'avait jamais questionné sur ses fréquentations. Elle respectait son art et, en tant que responsable des relations publiques de Bainbridge Studios, elle travaillait dur pour faciliter l'ascension professionnelle de Ian. Mais ils avaient prévu ce voyage depuis deux mois.

L'idée de quitter Chicago pour se prélasser sur une plage en plein mois de décembre était un réel bonheur, mais cette escapade était surtout pour elle l'occasion de raviver un peu la flamme de leur amour.

Manifestement, Ian n'était pas aussi pressé qu'elle de siroter un bon verre de vin et de passer la majeure partie de ses journées et ses nuits à jouir. Déprimant. Très déprimant, même.

— Je prendrai un vol un peu plus tard, la rassura-t-il. Toi, tu pars comme prévu, et Hunter t'accompagnera.

— Hunter ? répéta Melanie avec cette pointe d'accent sudiste qui refaisait surface chaque fois qu'elle était énervée. Et pourquoi voudrais-je prendre ce vol pour le Mexique avec lui ?

— Je te présente Hunter Ryan, dit Ian, en l'invitant à se retourner. Ton nouveau garde du corps.

Melanie se tourna et se retrouva face à l'homme en costume qui se tenait debout discrètement derrière eux. Lequel hocha brièvement la tête dans leur direction.

— Pourquoi diable aurais-je besoin d'un garde du corps, Ian ? C'est toi qui es harcelé !

Une femme qu'il n'avait jamais rencontrée — une certaine Savannah — s'était mise en tête qu'elle était amoureuse de lui. Et cela faisait un plus d'an qu'elle le harcelait. Elle avait fini par être inculpée, mais un jury l'avait déclarée non coupable, et elle avait aussitôt recommencé à envoyer à Ian lettres d'amour et de menaces, alternativement.

— Elle n'est même pas au courant pour nous deux, objecta Melanie. C'est d'ailleurs la raison pour laquelle nous ne nous affichons pas.

Ce qui était une autre source de friction entre eux. Elle en avait assez de faire semblant d'être simplement son employée en public. Vraiment assez.

Ian se pencha vers elle, l'air gêné.

— Il semblerait qu'elle ait découvert ton existence car ces derniers jours, j'ai reçu un mail très fâcheux. Je ne voulais pas t'en parler pour ne pas gâcher notre voyage, mais je pense qu'il est plus sûr que tu sois protégée.

Formidable ! Voilà qu'elle courait le risque d'être attaquée par une folle, maintenant !

— Tu peux me protéger, Ian. Viens avec moi.

Il fronça les sourcils.

— J'ai déjà planifié cette séance photos, Mel.

Il lui effleura la main et déposa un baiser sur son front.

— Allez, pars avec Hunter. Fais-le pour moi, s'il te plaît, afin que je ne me fasse pas de souci pour toi.

Elle eut la désagréable impression d'être une enfant que l'on envoyait dans le jardin contre sa volonté. Ian ne changerait pas d'avis, pas avec ce terminal plein de bénévoles entièrement nus. Parfois, elle se demandait si elle était vraiment faite pour être la petite amie d'un artiste. Elle s'était rapidement lassée d'être son esclave et sa muse. Pourtant, le fait qu'il s'inquiète pour sa sécurité était plutôt flatteur.

— Appelle-moi quand tu seras monté dans ton avion, soupira-t-elle. Et bonne séance photos.

— Merci, Mel. Tu es formidable.

Il tourna aussitôt les talons pour rejoindre Sam, son assistant, la laissant plantée là, incroyablement abattue.

Refusant de s'apitoyer sur son sort, elle se tourna vers Hunter et lui sourit.

— Bonjour, je m'appelle Melanie. Ravie de vous rencontrer.

— Hunter, répondit-il.

Il lui serra la main sans lui rendre son sourire.

Génial ! Il était en mission, d'accord, mais il s'apprêtait quand même à partir pour le Mexique avec elle, et à rester assis à la regarder se prélasser sur une serviette de plage. Ça méritait une petite manifestation de sympathie, non ? Son travail n'aurait rien de pénible, car elle n'était pas vraiment en danger. Même si Savannah savait qui elle était, elle n'allait pas sauter dans un avion pour Cancún juste pour se lancer à ses trousses ! Pour ce faire, il fallait de l'argent, un passeport, et le harceleur de base ne poussait pas le vice jusqu'à inclure les voyages à l'étranger dans son arsenal.

— Il se peut que ce soit le contrat le plus ennuyeux de votre vie, le prévint-elle, saisissant la poignée de sa valise pour se diriger vers la porte d'embarquement.

— C'est possible. Mais sachez que j'ai rempli bien d'autres missions tout aussi ennuyeuses que celle-ci.

Sidérée par sa réponse, elle lui lança un regard en coin. Mais non, il ne plaisantait pas… Ce qui l'amena aussitôt à conclure qu'il était tout simplement un crétin. Un crétin séduisant, mais un crétin quand même. Ce n'était tout de même pas sa faute si elle n'était pas une célébrité ou une personnalité politique cernée par les paparazzis ! Elle n'était qu'une employée chargée des relations publiques, originaire du Kentucky, et qui n'avait pas besoin d'un garde du corps. En revanche, elle savait qu'il ne faisait que son travail et elle le respectait.

— Eh bien, j'espère que vous avez fait vos valises, dit-elle. Nous partons pour le Mexique. C'est beaucoup mieux que de rester coincé ici.

— Je ne peux qu'être d'accord avec vous.

— Est-ce que vous avez une arme sur vous ? Est-ce légal ?

— J'ai un permis de port d'armes, mais je n'ai pas de revolver sur moi.

— Parfait, dit-elle, rassurée.

Elle ne tenait pas à être retenue et fouillée par les agents de la sécurité. Ce n'était pas du tout le genre d'exploration corporelle qu'elle affectionnait.

— Vous êtes conscient que tout ceci est ridicule, n'est-ce pas ? ajouta-t-elle. Mon petit ami se montre un peu trop protecteur à mon égard.

Ian n'avait jamais manifesté la moindre inquiétude pour elle par le passé, mais cela lui faisait chaud au cœur de savoir qu'elle comptait pour lui au point qu'il finance les services d'un garde du corps pour assurer sa sécurité.

Hunter lui lança un regard indéchiffrable. Seigneur, qu'il était séduisant ! Il était l'incarnation parfaite du beau ténébreux. Et sexy. Terriblement. A s'en lécher les babines ! Si elle avait été célibataire… Mais elle ne l'était pas.

Il devait certainement soulever de la fonte tous les jours, car ses muscles n'étaient pas là par hasard. Il s'était forgé ces biceps à force de sueur et d'efforts. Elle sentit son pouls s'accélérer en les imaginant sous sa chemise, ce qui était aussi surprenant que déplacé de sa part. D'ordinaire, elle n'était pas spécialement attirée par les hommes virils et musclés, mais le physique de Hunter et ce costume formaient une combinaison réussie. Il avait une mâchoire volontaire et des yeux d'un vert fascinant, émaillés de paillettes dorées. Rien à voir avec les fausses lentilles de contact que les gens portaient quelquefois. Ses prunelles lui rappelaient la mousse qui pousse au pied des arbres.

Oui, cet homme était naturellement séduisant. Et elle pouvait très bien profiter du spectacle sans vouloir spécialement le toucher.

Dommage qu'il n'ait aucune personnalité.

Mais quelle importance ? Elle avait déjà un petit ami. Un petit ami un peu fou et lunatique, qui lui avait mis dans les jambes ce beau gosse pour les douze heures à venir, voire un peu plus. Elle était ravie que Ian lui fasse confiance à ce point. Si les rôles avaient été inversés, elle n'aurait pas eu l'esprit aussi tranquille. Mais là encore, Ian n'avait aucune raison de s'inquiéter. Elle se demandait d'ailleurs souvent si elle n'était pas plus attachée à Ian que lui à elle, même si elle s'efforçait de ne pas y penser.

— Si vous le dites, répondit platement Hunter.

Qu'était-elle censée comprendre ?

Il jeta un coup d'œil furtif sur son téléphone et fit un geste vers la droite.

— Voici notre porte d'embarquement. Le timing est parfait. Nous allons embarquer.

— Très bien, dit-elle en commençant à se diriger vers les toilettes.

Elle poussa un cri de protestation lorsque Hunter lui prit le bras pour l'arrêter.

— Où allez-vous ? demanda-t-il.

Elle lança un regard furieux vers la main qui serrait son avant-bras.

— Je vais aux toilettes, dit-elle d'une voix cinglante, espérant que cela le ferait reculer.

Mais il ne bougea pas d'un pouce.

— Vous pourrez y aller dans l'avion.

— Vous croyez qu'une personne est capable d'acheter un billet d'avion juste pour le plaisir de m'agresser dans les toilettes pour dames ?

— Ce n'est pas exclu.

— Dans ce cas, vous vivez dans un monde bien triste !

Elle le suivit toutefois docilement dans la file d'embarquement. Une fois que Ian arriverait à Cancún, toutes ces absurdités n'auraient plus leur raison d'être. Ils se terreraient dans leur chambre d'hôtel et feraient l'amour comme des fous, loin des regards de cet homme.

Du moins l'espérait-elle… Leur relation n'était pas au beau fixe, question sexe, ces derniers temps. Ni dans aucun autre domaine, d'ailleurs. C'en était inquiétant. Ian se montrait souvent distrait, mais elle n'était pas prête à mettre un terme à leur relation. Relation qui devait rester secrète. Ce serait comme reconnaître un échec, sinon, et par principe, elle n'essuyait jamais de défaite, même si elle se sentait vaincue.

Quinze minutes plus tard, elle s'installait sur son siège à côté de son austère garde du corps. Un garde du corps… Elle se sentait prétentieuse et ridicule à côté de lui. Un peu prisonnière, aussi. Tandis qu'elle se démenait pour caser son grand sac à main sous le siège devant elle, Hunter s'assit et l'observa. Elle sentit son regard peser sur elle pendant qu'elle soufflait et jurait à voix basse, ses longs cheveux blonds dans les yeux.

Lorsqu'elle finit par se tenir tranquille, il lui tendit en silence une enveloppe.

— Qu'est-ce que c'est ? demanda-t-elle.

— Je l'ignore. On m'a demandé de vous la remettre après la fermeture des portes.

Un frisson de peur lui parcourut le dos. Une intuition fugace qu'elle écarta aussitôt. L'enveloppe avait le format d'une carte de vœux. Il s'agissait peut-être d'un petit mot romantique de la part de Ian, un geste pour rattraper son incapacité à comprendre à quel point ces vacances étaient importantes pour elle.

Pivotant de trois quarts afin que Hunter ne puisse pas lire par-dessus son épaule, elle ouvrit l'enveloppe et en sortit une carte. Ce n'était pas du beau papier vélin, mais plutôt le genre de carton utilisé pour la correspondance courante dans les bureaux. Au recto, Melanie découvrit un cliché représentant une douzaine de personnes nues dans un arbre, l'un des nus de masse caractéristiques de l'œuvre de Ian. Elle reconnut aussitôt son écriture.

Chère Melanie,

Nous savons tous les deux que notre relation ne fonctionne pas comme nous l'aurions aimé. Reporter ce qui est inévitable à Cancún n'a aucun sens. Nous avons passé du bon temps ensemble, mais il est temps d'aller de l'avant, de se montrer raisonnables et de se séparer. Profite bien de la plage. Je te verrai à ton retour au bureau.

Bien à toi,

Ian

Le cœur battant à tout rompre, Melanie relut trois fois

le petit mot, essayant d'y trouver une autre signification. Mais il n'y en avait pas. Ian venait de rompre. Sur un carton professionnel. Après l'avoir mise dans un avion avec un garde du corps.

— Oh ! Mon Dieu !

Elle chercha la boucle de sa ceinture de sécurité et la détacha.

— Je dois partir.

Elle ne pouvait plus rester assise là ni partir au Mexique. Elle devait à tout prix descendre de cet avion, et s'éloigner de tous ces gens. Elle avait besoin d'un lieu calme pour reprendre son souffle et le contrôle de ses émotions. Mais pas avant d'avoir rejoint Ian dans le hall B et lui avoir demandé comment il pouvait être insensible au point de rompre avec elle par une lettre commençant par « Chère Melanie ».

Ensuite, elle lui décocherait un bon coup de pied dans les parties sensibles.

— Qu'est-ce que vous faites ? lui demanda Hunter. Nous sommes sur le point de décoller. Remettez tout de suite votre ceinture de sécurité !

— Il faut que je descende de cet avion !

— Vous êtes malade ? Vous avez peur de l'altitude ?

Paniquée, elle secoua la tête. Elle était incapable de parler. Ian avait attendu qu'elle soit piégée à bord afin qu'elle ne puisse pas venir parler avec lui. C'était sidérant, insultant et dégoûtant !

Elle sentit la main de Hunter se poser sur sa nuque, une main grande et chaude qui la poussait doucement vers le siège devant elle.

— Essayez de respirer. Prenez une profonde inspiration, lentement. Tout va bien.

Il avait une voix grave et douce qui inspirait le respect.

Elle lui obéit, avalant une grosse goulée d'air avant de l'expulser lentement par le nez.

— Encore une fois.

Après quelques inspirations, elle se sentit un peu mieux. Et vraiment stupide.

— Je suis désolée, dit-elle.

L'avion remontait lentement le tarmac et se dirigeait maintenant vers la piste de décollage. Qu'elle le veuille ou non, elle partait pour le Mexique.

— Ne vous excusez pas. Beaucoup de gens ont peur de l'avion.

Il lui massa doucement la nuque.

— Vous vous sentez mieux ?

Elle acquiesça et se redressa. Si seulement il pouvait retirer sa main ! Ce massage lui faisait certes beaucoup de bien, mais il était totalement déplacé. Comprenant le message, il rompit le contact. Enroulant les bras autour de ses épaules, Melanie se tourna vers lui, la stupide note de Ian toujours serrée dans sa main moite. Les superbes prunelles émeraude la fixaient calmement, mais avec un brin d'inquiétude. Hunter n'était peut-être pas aussi crétin qu'elle le croyait, après tout.

— Que vous a dit Ian ? demanda-t-elle.

Il fallait qu'elle sache s'il était au courant des projets de Ian pour décider si elle devait mourir de honte ou pas.

— A propos de ce voyage ? Il m'a dit qu'il était poursuivi par une femme qui le harcelait et que vous étiez en danger. Il m'a donné son dossier : je sais à quoi elle ressemble. Il ne faut pas vous inquiéter.

— Je ne suis pas inquiète à propos de Savannah.

Non, Savannah en avait après Ian, pas après elle.

— Et je pense que votre présence auprès de moi est inutile. Sans vouloir vous vexer.

Les lèvres de Hunter s'étirèrent légèrement.

— Aucun risque. Mais j'ai été embauché pour faire ce travail, que vous le jugiez utile ou non.

— Ian ne viendra pas, déclara-t-elle sèchement.

Inutile d'essayer de le cacher. Si Hunter ne le savait pas encore, il le découvrirait bientôt.

Il ne broncha pas, et se contenta de la regarder d'un air absent.

— Il était censé vous accompagner ? J'ai cru comprendre que vous partiez seule en voyage pour vous reposer.

Merveilleux. Elle allait passer des vacances en enfer, et le plus drôle, c'était qu'elle avait payé pour ça ! Dans un élan de générosité, elle avait fait mettre l'intégralité de l'addition sur sa carte de crédit pour montrer à Ian à quel point leur relation et lui comptaient pour elle. Même s'il était millionnaire et qu'elle ne gagnait que trente mille dollars par an, elle avait pris ce voyage à sa charge. Par amour pour lui...

Et maintenant, elle partait en vacances avec un parfait inconnu, témoin de la rupture mûrement réfléchie de Ian ! La rupture la plus inélégante de toute l'histoire des relations amoureuses. Les hommes des cavernes avaient-ils déjà ce genre de comportements ? Envoyaient-ils un mammouth laineux muni d'une tablette portant un cœur brisé à leur supposée chérie ?

Une larme s'échappa de ses yeux et roula sur sa joue. Elle prit une profonde inspiration, proche du sanglot.

— Il rompt, annonça-t-elle. C'est ce qu'il m'annonce dans cette lettre.

Elle n'aurait jamais choisi Hunter comme confident, mais elle était déchirée entre son propre embarras et le besoin de s'épancher. Comme elle n'avait pas d'amie sous la main et qu'elle ne pouvait pas utiliser son portable dans l'avion, il ne restait que lui. Elle ne pouvait plus contenir son écœurement et sa douleur.

— Vous arrivez à le croire ? gémit-elle. Après une année de relation, il m'envoie une carte stupide et m'éjecte de sa vie en un ridicule petit paragraphe !

Elle secoua la lettre sous son nez avant d'ajouter :

— Et il l'a fait au dos d'une carte avec des gens *nus*. Quelle insulte !

Incapable de se retenir plus longtemps, elle éclata en sanglots.

Hunter regarda avec horreur le visage de Melanie Ambrose se décomposer tandis qu'elle sanglotait en silence, les lèvres tremblantes. Seigneur ! Il détestait voir les femmes pleurer ! Mais il ne pouvait pas lui en vouloir. Il fallait être un parfait salaud pour plaquer sa petite amie par lettre interposée. Il ignorait ce que signifiait l'allusion à des gens nus, mais étant donné le métier de cet homme, cela devait avoir un lien avec son travail.

Une lettre…

Non seulement le geste était extrêmement cruel pour Melanie, mais aussi très grossier à son égard. Il était garde du corps, pas conseiller en affaires sentimentales ! Il avait servi dans le corps des marines, dont la devise officielle était « Toujours fidèle ». Mais « Ignorer les sentiments » et « Ne jamais en parler » en était la version beaucoup moins officielle. Pourtant, il se retrouvait toujours dans la même situation. Il résista à l'envie de détacher sa ceinture et de décamper. Malheureusement, il n'avait nulle part où aller. A cet instant précis, l'avion prenait de la vitesse pour décoller et tandis qu'il s'envolait dans les airs, Hunter tapota le genou de Melanie, faute de mieux.

Courageusement, il essaya de dédramatiser la situation.

— Il a certainement voulu éviter la confrontation, dit-il, en imaginant ces hommes prêts à tout pour éviter de se retrouver face à une femme en pleurs.

Ou, pire encore, une femme folle de rage. Il avait déjà vécu cette situation mais à l'époque, il devait avoir seize ans, pas trente. Même lui — qui, d'après les dires de Danielle, son ex-petite amie, était handicapé sur le plan émotionnel — avait toujours mis un point d'honneur à être franc et direct avec les femmes.

— Eviter la confrontation ? s'insurgea Melanie d'une voix qui monta dans les aigus. Ai-je l'air du genre à faire une scène ? J'ai gardé notre relation secrète pendant un an ! Je l'ai laissé voyager dans tout le pays sans moi. Je n'ai jamais rien dit sur le fait que son travail impliquait de voir des femmes nues !

Il constatait que son intervention n'avait fait qu'empirer les choses, car rien ne pouvait justifier le geste de Bainbridge. Manifestement, il avait prévu son coup au moins une semaine à l'avance, date à laquelle lui-même avait été embauché.

Mieux valait donc battre en retraite prudemment. Montrer clairement à Melanie qu'il était de son côté. Il savait comment s'y prendre. Il avait passé toute son enfance à déminer les relations conflictuelles de sa mère.

— Vous ne m'avez pas l'air d'une hystérique, dit-il d'un ton rassurant. Pas du tout. Personnellement, je trouve qu'il est irrespectueux de rompre avec une personne par lettre interposée. Seul un vrai salaud est capable d'une chose pareille.

— Je ne dirai pas que Ian est un salaud. C'est un jugement trop dur.

Et voilà ! Quoi qu'il dise, il aurait toujours tort ! Pourquoi les femmes passaient-elles leur temps à contredire les hommes, même lorsque ces derniers les soutenaient ? Pas étonnant, dans ces conditions, qu'ils n'aient pas envie de communiquer.

Il contempla Melanie, indécis.

— Il m'a dit qu'il ne serait pas du voyage. Je pensais que vous étiez au courant. J'ignorais qu'il s'apprêtait à faire une chose pareille, sinon, je n'aurais pas accepté d'être son messager. En ce qui me concerne, ce qu'il vous a fait, et ce qu'il m'a fait en me confiant ce sale boulot, fait de lui un salaud.

Les lèvres de Melanie se mirent à trembler. Puis elle acquiesça d'un signe de tête.

— Vous avez raison. C'est un salaud. Je sortais avec un salaud sans le savoir. Quelle imbécile !

Il fit la grimace. Il était la dernière personne au monde à pouvoir donner des conseils sur les relations hommes-femmes. Avant Danielle, il était sorti avec Lynn pendant quatre ans. Mais il venait de passer plus de trois ans en mission dans un autre hémisphère. Il n'était pas bien placé pour prodiguer des conseils. Tout ce dont Melanie avait besoin, c'était d'être rassurée sur le fait qu'elle était dans le vrai, ce qui était effectivement le cas.

— Vous n'êtes pas une imbécile, dit-il pour l'apaiser. Vous ne pouviez pas savoir qu'il allait vous faire ça. C'est son problème s'il est trop lâche pour vous parler en face, pas le vôtre.

C'était tout ce qu'il avait à dire sur le sujet. Il en avait fini avec cette discussion. Définitivement terminé. La situation lui rappelait trop les nuits qu'il avait passées, enfant, à regarder sa mère pleurer et manger de la glace à même le pot après chaque nouvelle déception amoureuse, elle qui rêvait de « l'amour qui dure toujours ».

L'amour qui dure toujours n'existait pas, point à la ligne. Et sans être lui-même un salaud, il voulait surtout que Melanie se trouve rapidement une amie à qui parler, et qu'elle le laisse en dehors de cette histoire.

Depuis Danielle, il avait renoncé à toute relation amoureuse. Avant Danielle, il y avait eu Lynn, et avant Lynn, Allison. Les trois avaient fini par le quitter et après ces trois coups durs, il en avait eu assez. Ce n'était pas ce qu'il avait envie de vivre. Les histoires à court terme étaient sa nouvelle réalité, et si Melanie voulait un conseil, il le lui dirait. Mais elle n'en voudrait pas. Personne n'était prêt à écouter ses avis cyniques sur l'amour.

Melanie hocha la tête sans cesser de renifler. Lorsqu'elle se pencha en avant pour fouiller de nouveau dans son sac à main, son chemisier remonta, dévoilant une petite partie de son dos et la courbe de ses reins. Hunter se racla la gorge, soudain mal à l'aise. Il ne s'était pas attendu à trouver sa cliente séduisante. Or Melanie était belle, même lorsqu'elle pleurait. Elle avait des traits délicats et des lèvres pleines et roses qui faisaient naître dans son esprit des pensées dangereuses. Son jean moulant et son chemisier ajusté ne faisaient que mettre en évidence sa silhouette mince et féminine. Elle avait ce qu'il fallait, où il fallait.

Lorsqu'il avait accepté ce contrat, Ian avait prétendu que Melanie souhaitait partir seule. Il s'était alors préparé à être traité comme un employé. C'était une mission comme les autres et il avait besoin de travailler. Mais ce scénario était bien pire, et de loin. Il n'y avait pas d'échappatoire, aucune possibilité pour lui de se mettre en retrait et de garder le silence, ce qui était de loin ce qu'il préférait. Il était condamné à rester près d'elle, à avoir avec elle cette conversation étrange, et à essayer de la consoler.

Ce pour quoi il était certainement le moins doué. Cette mission était pire que l'Afghanistan. Bon, il exagérait peut-être un peu. Mais elle était incontestablement pire que la fois où il avait eu des champignons à l'aine !

Melanie s'adossa de nouveau contre son siège après avoir pris un mouchoir. Elle se tamponna les yeux avec. Du mascara avait coulé sur sa joue. A la place de Ian, il aurait attendu la fin de ses vacances pour rompre. Qu'est-ce que ce type pouvait bien avoir dans la tête, pour ne pas vouloir passer une semaine avec cette femme magnifique en bikini ? C'était la seule chose gratifiante dans cette mission. Melanie était sympathique, même un peu trop. Où était le problème, pour Ian ? Pourquoi l'avait-il laissée partir dans un avion avec lui ?

Décidément, ce gars n'était pas net.

Hunter avait lui aussi des problèmes, mais d'après ses ex, il s'agissait surtout de son incapacité à parler de ses sentiments et à se montrer romantique. Il n'était pas réfractaire à tout engagement, ni un salaud. Mais il serait tout à fait ravi de passer une semaine sur une plage avec une petite amie sexy, s'il en avait une. Ce qui n'était pas le cas.

— Suis-je à ce point stupide ? demanda Melanie, en s'essuyant les yeux. Je savais que les choses n'allaient pas très bien entre nous. Mais ces vacances étaient censées nous aider à régler nos problèmes. Non seulement ça n'a pas marché, mais en plus, j'ai dépensé une grosse somme d'argent.

— Au moins, vous n'êtes pas tombée enceinte, dit-il. C'est un moyen vraiment coûteux de sauver une relation.

Sa remarque se voulait une boutade, mais au regard furibond qu'elle lui lança, il comprit qu'elle n'était pas à son goût. Intérieurement, il se gifla. Il aurait dû se rappeler qu'il ne fallait pas plaisanter avec une femme en pleurs. Les années passées à consoler sa mère le lui avaient appris. Il était peut-être resté dans le désert un peu trop longtemps.

— Ne plaisantez pas avec ça, le prévint-elle. Ce serait tenter le sort.

Elle fit une drôle de grimace.

— Il est impossible que je sois enceinte. Ça fait six semaines que nous n'avons pas fait l'amour.

Oh ! non ! C'était justement le genre d'informations qu'il préférait ne pas entendre. Que pouvait-il bien lui répondre, maintenant ?

— Je suis désolé. Ma remarque était de mauvais goût.

Il sortit un magazine de la poche avant du siège devant lui et le lui tendit.

— Pourquoi ne pas essayer de lire un peu pour vous distraire ?

Elle cligna les yeux et contempla le magazine qu'il lui tendait sans le prendre.

— Vous voulez que je lise *Skymiles* ? Vous croyez vraiment que des publicités pour les fauteuils de massage et les arbres à chat en soldes vont me faire oublier que je ne représente absolument rien pour l'homme auquel je tiens ?

— Vous ne le saurez que lorsque vous aurez essayé, répondit-il, plein d'espoir.

Elle secoua la tête avec un petit rire de dérision.

— Non, merci, je préfère me morfondre.

Elle peut-être, mais pas lui ! Il préférait se faire dévorer vivant par des piranhas plutôt que de s'apitoyer sur son sort. Il était passé maître dans l'art d'éviter les peines et les déceptions.

— Eh bien, je vous laisse vous morfondre dans votre coin, alors.

Il ouvrit le magazine au hasard et regarda d'un air absent un système coûteux de barrière… pour chien ? Il n'en était pas sûr. En revanche, ce dont il était certain, c'était qu'il ne voulait plus parler.

Il était désolé pour Melanie, vraiment. Mais il savait comment les choses allaient se passer. Elle allait se lamenter, s'insurger, puis se remettre en question. Il se contenterait de hocher la tête et de lui témoigner de la compassion, en lui disant qu'elle méritait bien mieux que ce garçon. Il sortirait épuisé de cette conversation et au bout du compte, elle ne le croirait pas. Il en avait assez de jouer ce rôle. Depuis toujours, il était celui que les femmes venaient chercher pour lui demander des conseils qu'elles finissaient invariablement par ignorer. Il ne voulait plus jamais entendre parler des relations entre les hommes et les femmes. Il était même prêt à faire une croix dessus.

Melanie garda le silence pendant une minute, avant de pousser un profond soupir.

— Une fois au Mexique, je devrais peut-être repartir aussitôt chez moi.

Bon, il avait beau vouloir mettre un terme à cette discussion, il ne pouvait quand même pas laisser passer une chose pareille.

— Avez-vous la possibilité de vous faire rembourser ?

— Non.

— Dans ce cas, pourquoi vouloir rentrer chez vous ? Pour y trouver de la neige et du froid ? Profitez de vos vacances autant que vous le pourrez, Melanie. Ne laissez pas Ian gâcher ce repos bien mérité.

— J'ai même réservé des excursions, dit-elle d'un air si triste qu'il eut envie de la prendre dans ses bras.

Et se remettre dans la peau de celui qui écoute et prodigue des conseils… Ah ! Maman ! Maman !

— Qui aurait envie d'aller faire de la tyrolienne tout seul ? C'est pathétique.

— J'irai avec vous.

— Vraiment ?

Elle le contempla avec des yeux pleins d'espoir.

— Bien sûr, c'est mon travail.

Elle se rembrunit aussitôt. De toute évidence, ce n'était pas la réponse qu'elle attendait.

— De mieux en mieux ! soupira-t-elle. Voilà que je voyage avec un homme de compagnie.

— Je le ferais même si je n'étais pas payé pour ça, dit-il pour se rattraper.

Mais il était trop tard. Il remit avec résignation le magazine dans la poche du siège devant lui. Ce voyage s'annonçait long et ennuyeux, sans aucun répit en perspective. Même le cachet d'Ibuprofène qu'il avait pris pour son bras blessé ne lui serait d'aucune aide.

— Merci, grogna-t-elle.

Ne sachant pas quoi dire, il ne répondit rien.

Une minute plus tard, elle reprit la parole.

— Vous savez ce qui m'ennuie le plus ?

— Heu, non.

— Je me forçais à aimer Ian. Vous arrivez à le croire ?

Elle était occupée à déchirer son mouchoir et de petits morceaux s'empilaient sur ses genoux par-dessus sa ceinture.

— Tout était si beau sur le papier ! Lorsque je m'imaginais avec un homme, il s'agissait toujours d'un artiste, tout le contraire d'un macho. Pourtant, je n'ai jamais vraiment aimé Ian, pas comme j'étais censée le faire, en tout cas.

— Je comprends, répondit-il.

Il envisagea soudain la semaine à venir sous de meilleurs auspices. Il n'était peut-être pas parti pour vivre sept jours de larmes, finalement.

— Formidable ! Donc, vous n'étiez pas vraiment faite pour être avec lui, conclut-il. Il vaut mieux le découvrir maintenant que plus tard.

Même s'il aurait préféré que cette révélation ne se fasse pas en sa présence.

— Je ne dirais pas que c'est formidable, objecta-t-elle. C'est surtout humiliant et blessant. Je voulais à tout prix essayer d'entretenir et de développer cette relation. Pourquoi n'était-ce pas le cas de son côté ?

— Vous n'êtes pas un arbre, répondit-il du tac au tac. Une relation n'est pas quelque chose qu'on développe. C'est là, ou ça ne l'est pas.

— Un peu comme le coup de foudre ?

— Non, je pense plutôt à une sorte d'alchimie, d'attirance. D'admiration. Un intérêt puissant et fascinant. Tout doit être là depuis le début. Si ce n'est pas le cas, vous ne pouvez pas le provoquer.

Il était bien placé pour le savoir. A l'exception de sa première relation sérieuse, il avait abordé ses relations amoureuses avec la tête, non avec le cœur, et elles n'avaient pas fonctionné. Danielle avait raison : il était dénué d'émotions. Ils étaient restés distants parce qu'ils n'avaient pas éprouvé de profond intérêt l'un pour l'autre.

— Comment sait-on si c'est là ou non ? demanda-t-elle, en fronçant les sourcils.

Etait-elle sérieuse ?

— Ne me dites pas que vous ne savez pas quand vous trouvez un homme séduisant !

Comme il la trouvait séduisante, elle. Seigneur, il avait l'impression que ses lèvres n'étaient faites que pour embrasser ! Le savait-elle seulement ? Manifestement, non.

— Bien sûr. Enfin, je pense. Quand je vous regarde, je vois en vous un homme attirant, mais ça ne veut pas dire que nous sommes compatibles.

Non, elle n'y était pas du tout. C'était bien plus que cela. Beaucoup plus. En revanche, il n'était pas opposé à l'idée de l'entendre dire qu'elle le trouvait séduisant.

— Je ne parle pas seulement de l'attirance physique.

— Etes-vous en train de me dire que vous ne me trouvez pas physiquement attirante ?

Elle rassembla les lambeaux de son mouchoir et les fourra dans son sac d'un geste rageur.

Il avançait en terrain miné chaque fois qu'il se trouvait avec une femme.

— Je n'ai pas dit ça. Pas du tout. Je vous trouve physiquement attirante.

Ce qui était un euphémisme. Melanie se rapprochait beaucoup de son idéal féminin avec ses cheveux blonds, ses lèvres pleines, ses seins haut perchés et sa taille fine. Elle lui donnait envie de la protéger et en même temps, il rêvait de la plaquer contre un mur et de la faire hurler de plaisir. Mais il ne pouvait pas le lui dire ; cela n'aurait pas été professionnel. Il était toujours en mission.

— Vous êtes une belle femme, ajouta-t-il.

— Je ne me sens pas belle du tout. Je me sens stupide. Et j'ai un peu le mal de l'air.

Aïe ! Il ne manquait plus que cela.

— Venez, proposa-t-il. Couchez-vous ici et fermez les yeux.

Il tapota ses jambes, lui indiquant qu'elle pouvait s'y allonger.

— Ça ne vous dérange pas ?

Beaucoup de choses le dérangeaient, mais malgré son désir de garder ses distances vis-à-vis de ses clients, il ne voulait pas qu'elle soit malade. D'autant que cette « chose » inexplicable dont il venait de lui parler, il la sentait. Cette alchimie, ce désir, dans ses reins comme dans sa poitrine… Oui, non seulement il se sentait attiré par Melanie, mais elle éveillait aussi en lui un certain… intérêt.

Ce qui ne présageait rien de bon. Rien de bon du tout.

L'idée de lui offrir ses genoux était donc incroyablement stupide. Mais trop tard pour faire marche arrière : il sentit bientôt son corps chaud et doux se poser sur les muscles fermes de ses cuisses. Elle leva vers lui ses grands yeux noisette.

— Vous êtes vraiment très dur, dit-elle.

— Je vous demande pardon ?

Il ne l'était pas encore, mais si elle continuait de se trémousser de cette façon, cela risquait d'être bientôt le cas…

— Vos jambes, elles sont très musclées. Ce n'est pas l'oreiller idéal.

C'était vrai.

— Mais je vous remercie, dit-elle, en lui souriant.

Elle lui pinça doucement le genou et ajouta :

— Vous êtes vraiment aimable.

Il grommela un vague remerciement et elle ferma les yeux.

Ce travail s'annonçait décidément beaucoup plus difficile qu'il ne l'avait pensé.

Chapitre 2

Elle avait commis une erreur en acceptant de se coucher sur les genoux de Hunter. Elle garda les yeux fermés, mais ne dormit pas. Elle cherchait juste à éviter son regard. Elle avait une conscience aiguë de son entrejambe tout proche de sa tête et de la fermeté de son corps sous le sien. La main posée sur sa taille était grande, lourde et chaude. Elle se sentait entourée et protégée.

Il avait une odeur de musc. Et c'était enivrant.

Mais il y avait quelque chose de dangereux à cela. Elle était vulnérable. Blessée. Mal à l'aise. Et Hunter était un homme sexy et très viril. Elle ne voulait pas tomber dans un piège évident en voulant se prouver qu'elle était féminine et désirable avec une aventure décidée sur un coup de tête. Ce qui ne risquait pas d'arriver, cela dit, car Hunter ne voulait certainement pas d'une aventure avec elle. Depuis qu'il l'avait rencontrée, et bien qu'il lui ait avoué la trouver séduisante, il n'avait cessé de la regarder comme s'il souffrait d'être en sa compagnie. S'il lui avait fait ce compliment, c'était uniquement parce qu'il était désolé pour elle et qu'elle l'avait mis au pied du mur.

Alors, même si elle commettait l'énorme erreur d'utiliser

Hunter pour redorer son ego, cela ne fonctionnerait pas. Elle ne l'intéressait pas. Il était certes très aimable avec elle, sous ses airs affligés et distants. Il était patient et essayait de faire preuve de compassion. Mais malgré la profonde humiliation qui lui avait été infligée, il fallait qu'elle se ressaisisse. Hunter n'avait pas à payer pour le comportement odieux de Ian. Lequel, à cet instant, se trouvait à l'aéroport, occupé à faire ce qu'il aimait faire, laissant à un parfait inconnu le soin de réparer les dégâts. Elle espérait juste que Hunter serait payé en conséquence.

S'installant plus confortablement sur les genoux de son beau garde du corps, elle essaya de respirer de manière plus régulière, tout en réfléchissant à la situation. A sa grande honte, elle comprit qu'elle avait cherché à sauver une relation qui n'avait jamais eu la moindre chance de succès, et ce depuis le début. Elle avait de l'affection pour Ian, mais le connaissait-elle vraiment ? Ils étaient peut-être compatibles, mais il n'y avait pas eu de réelles connexions entre eux. Pourquoi s'était-elle contentée d'une telle relation, et pourquoi cette rupture la faisait-elle tant souffrir ? Elle ne pensait pas avoir un ego fragile et pourtant, cela semblait être le cas.

Peut-être aurait-elle mieux accepté leur rupture si Ian l'avait emmenée dîner et lui avait parlé en face. Ils auraient pu en discuter, convenir ensemble que quelque chose dans leur relation était mort. Ils se seraient donné un dernier et triste baiser d'adieu, entre adultes, avant de reprendre le cours de leurs vies. Mais ce qu'elle vivait était très différent. C'était ses seules vacances de l'année et Ian les avait gâchées sans l'ombre d'un remords. Hunter avait raison. Ian était un salaud. Dire qu'elle venait de consacrer une année de sa vie à un salaud, qui n'était pas, en plus, le meilleur des amants !

Se rappelant, sur ce, qu'elle n'avait pas fait l'amour depuis longtemps, elle songea à sa proximité avec le sexe de Hunter. Retour à la case départ.

Elle décida aussitôt de se lever.

— Tout va bien ? lui demanda-t-il, surpris.

— Il faut que j'aille aux toilettes.

Elle mentait. Elle avait juste besoin de s'éloigner de ses genoux avant que ses pensées ne l'emmènent trop loin. C'était comme si son corps s'était préparé pour l'amour pendant ces vacances, comme si ses hormones n'étaient pas disposées à s'apaiser, même si ses plans avaient changé. Hunter ne pouvait évidemment pas lire dans ses pensées et pourtant, elle se sentait gênée.

— C'est vrai, vous vouliez y aller avant l'embarquement, dit-il, détachant sa ceinture et se levant pour la laisser passer.

— Merci.

Elle s'extirpa de son siège et commença à remonter l'allée. Après s'être enfermée dans les minuscules toilettes de l'avion, elle jeta un coup d'œil dans le miroir et faillit défaillir en croisant son image. Bonté divine, elle avait l'air d'une serpillière ! Son visage était gonflé et rouge, et, à force de se passer les mains dans les cheveux, sa coiffure était un désastre. Impossible que Hunter soit attiré par elle, alors qu'elle était dans un tel état.

Elle s'aspergea le visage, puis tenta de remettre de l'ordre dans ses boucles, même si sa tentative était désespérée. Elle n'avait pas pris son sac à main et n'avait donc aucun moyen de réparer les dégâts. Mais un peu de gloss n'aurait rien pu faire pour ses yeux gonflés et son nez rouge. Elle roula la tête et les épaules pour se décontracter, puis se décida à affronter la réalité. Elle volait vers le Mexique avec un parfait inconnu. Il n'y avait pas de retour en arrière possible, aucune échappatoire. Et elle allait devoir rembourser son voyage pendant six mois.

Partant de là, deux possibilités s'offraient à elle : s'enfermer dans sa chambre d'hôtel et pleurer sur son sort, ou envisager ce voyage sous un autre angle et essayer d'en profiter au maximum. Elle partait loin de l'hiver mordant de Chicago. Loin du travail. Il y aurait des chariots de desserts et elle pourrait danser la salsa. Et même si Hunter n'embrasserait jamais son corps nu, sa compagnie pouvait s'avérer bien plus agréable que celle, par exemple, de sa mère. Ou d'un bébé braillard. Ou d'un babouin. Finalement, elle aurait pu avoir un compagnon de voyage bien pire que lui.

Un étranger sexy ne pouvait pas être trop difficile à supporter.

Ouvrant d'un geste brusque la porte des toilettes, elle remonta prudemment l'allée, bien décidée à tirer le meilleur parti de la situation et à connaître un peu mieux Hunter. Le pauvre homme était embarqué dans une mission bien étrange. Elle pouvait au moins essayer de rendre les choses le moins horrible possible pour tous les deux.

En la voyant arriver, il commença à se lever pour la laisser reprendre son siège près du hublot, mais elle lui fit signe de se rasseoir.

— Je vais réussir à passer. Ne vous inquiétez pas.

Elle culpabilisait déjà beaucoup trop d'avoir perdu ses moyens devant lui.

Juste au moment où elle essayait de se faufiler devant lui pour atteindre son siège, l'avion entra dans une zone de turbulence et tressauta. Déséquilibrée, Melanie poussa un petit cri et essaya de se retenir au siège devant elle. Trop tard. Elle tomba en arrière sur Hunter, avec la grâce d'un hippopotame. Elle n'atterrit pas sur ses genoux, ce qui aurait été préférable, mais ses fesses heurtèrent de plein fouet son torse.

Elle se débattit pour se redresser et tenta de se jeter sur son siège, mais Hunter la retint, posant les mains sur ses hanches.

— Du calme, dit-il d'une voix posée.

Oui, il fallait qu'elle se calme. C'était tout elle, ça ! Les cheveux dans les yeux, elle se déplaça vers la droite, mais Hunter bougea, lui aussi, et sa hanche lui heurta le bras.

— Désolée, dit-elle, à bout de souffle.

Elle se tourna vers lui et dégagea d'un mouvement de tête les mèches qui lui barraient le visage.

— Ces sièges sont vraiment très étroits.

Il paraissait plus amusé que contrarié de l'incident.

— J'aurais mieux fait de me lever, dit-il, un petit sourire aux lèvres.

— Je ne voulais pas vous déranger, se défendit-elle, tandis que l'avion tanguait de nouveau.

Elle se tenait debout entre les jambes de Hunter, qui la retenait toujours par la taille.

— Vous voulez danser ? plaisanta-t-elle.

— La seule danse que je connaisse et qui commence ainsi, c'est la lap dance, dit-il d'un air narquois.

Melanie sentit ses joues s'embraser. Elle ne voulait surtout pas qu'il pense qu'elle flirtait avec lui.

— Je pensais plus à la rumba. On dirait bien que nous ne passons pas nos fins de semaine de la même manière.

Il éclata de rire. Un rire profond, grave et très agréable.

Elle lui sourit et pour la première fois depuis que Ian

lui avait annoncé qu'il ne monterait pas dans l'avion avec elle, elle n'eut pas l'impression d'avoir tout perdu.

— Appelons ça de la lap rumba, alors ? proposa-t-il. Tout n'est qu'une question de compromis.

— Oui, en effet. Surtout que j'ai la grâce d'une danseuse !

Elle se déplaça une fois encore vers son siège et, comme pour illustrer son propos, lui heurta durement le bras.

Il fit cette fois une grimace de douleur.

— Oh ! s'écria-t-elle. Je suis vraiment désolée. Vous allez bien ? Je vous ai déboîté le bras, peut-être ? J'ai toujours été très maladroite.

Ayant enfin réussi à regagner son siège, elle se tourna vers lui.

— Non, répondit-il, en secouant la tête. C'est une vieille blessure. C'est sans importance.

— Vous en êtes sûr ? Comment vous êtes-vous blessé ?

— J'ai été éjecté d'un Humvee après avoir heurté une mine, et j'ai eu quatre fractures du bras.

Elle n'y connaissait rien en véhicules de l'armée, mais elle était pratiquement sûre qu'un Humvee était un blindé.

— C'est horrible, dit-elle. Vous étiez donc en mission ? Depuis combien de temps êtes-vous rentré ?

— Trois mois.

C'était très récent.

— Vous avez donc une longue carrière derrière vous, j'imagine ? Pourquoi avez-vous quitté l'armée ? C'est à cause de cette blessure ?

Il lui lança un regard indéchiffrable.

— Sous-entendez-vous que je suis vieux ? demanda-t-il.

Elle leva les yeux au ciel.

— Non. Mais vous n'avez pas non plus vingt-deux ans. Je voulais juste dire que ce n'était pas comme si vous aviez seulement passé un an ou deux dans l'armée avant d'en partir. Vous étiez engagé.

— Oui, pendant douze ans. Sans cette blessure, je serais toujours en service. Mais j'ai compris ce jour-là que mon temps était terminé. Je venais tout juste d'avoir trente ans.

C'était donc ça, le problème ? Pas sa remarque, mais sa peur de vieillir. De commencer une nouvelle vie, une nouvelle carrière, après toutes ces années dans l'armée.

— Avoir la trentaine aujourd'hui, c'est comme avoir vingt ans autrefois, le rassura-t-elle.

— Maintenant, vous sous-entendez que je suis immature ?

Au pli de ses lèvres, elle comprit qu'il plaisantait.

— J'essaie juste d'apprendre à vous connaître, expliqua-t-elle, lui effleurant le genou du sien. J'ai l'impression de vous tirer les vers du nez.

— Pourquoi voudriez-vous apprendre à me connaître ? Je suis votre garde du corps !

— Vous êtes la seule compagnie que je vais avoir pendant la semaine à venir.

Il lui lança un regard tellement triste qu'elle rit à son tour.

— Je vous remercie pour votre enthousiasme !

Puis une pensée lui traversa l'esprit.

— Attendez, vous restez bien avec moi toute la semaine, n'est-ce pas ?

Sans savoir pourquoi, l'idée qu'il puisse partir au bout d'un ou deux jours la contraria.

— Oui, je vais rester. Mais je croyais que vous ne redoutiez pas la femme qui harcèle Ian.

— C'est vrai, mais j'ai peur de… m'ennuyer, avoua-t-elle.

Elle avait surtout peur de rester seule.

Etait-ce la raison pour laquelle elle s'était contentée de l'attention médiocre que Ian Bainbridge lui portait ? Parce que avoir un petit ami, même absent, était préférable à ne pas en avoir du tout ? Seigneur, elle n'était pourtant plus une collégienne !

Elle n'était pas désespérée à ce point, elle le savait. Mais elle croyait être capable de contrôler tous les aspects de sa vie, y compris l'amour. Une vie était ponctuée par des listes et des cases à cocher, et Ian remplissait tous les critères du partenaire idéal.

— Comment pourriez-vous vous ennuyer, alors que vous allez faire de la tyrolienne ? demanda Hunter.

Elle s'abstint d'ajouter qu'elle s'était également inscrite pour visiter des ruines mayas et pour faire une promenade à cheval sur la plage. Sa carte de crédit allait beaucoup chauffer.

— Avec votre blessure, répondit-elle, vous ne pourrez certainement pas faire de la tyrolienne avec moi. Je peux y aller seule.

Elle ne voulait pas l'obliger à se livrer à un exercice susceptible de retarder son rétablissement.

— Je peux très bien faire de la tyrolienne ! protesta-t-il. Je ne suis pas paralysé. Et même paralysé, je le ferais quand même.

Melanie comprit qu'elle l'avait blessé dans son orgueil de mâle.

— Inutile de prendre la mouche. Je voulais juste vous laisser le choix, et non sous-entendre que vous étiez handicapé. Mais vous pourriez vous blesser de nouveau, ajouta-t-elle, sans pouvoir s'en empêcher.

— Je vais très bien, répondit-il sèchement, détachant sa ceinture avant de se pencher en avant.

— Que faites-vous ?

Avait-il l'intention de partir ? Il n'avait nulle part où aller, mais elle craignait autant de se retrouver seule avec ses pensées que de partir seule en excursion touristique.

— J'enlève ma veste. Il faut aussi chaud que dans un four, ici.

— Oh ! attendez...

Elle tendit la main et ouvrit sa bouche d'aération.

— Merci, dit-il.

Il fit de son mieux pour ôter sa veste malgré l'exigiüté de l'espace. En le voyant se contorsionner, elle fut tentée de l'aider, puis se ravisa. Elle risquait encore de porter atteinte à son orgueil de mâle, si elle le faisait. Pourquoi les hommes se sentaient-ils diminués s'ils acceptaient l'aide qui leur était proposée ? Elle était terriblement tentée de toucher ses bras. Il portait une chemise bleu clair légère qui masquait ses biceps, mais sans sa veste, il était clair qu'en dépit de ce qu'il lui avait dit, il était bien armé.

— Vous avez un maillot de bain ? demanda-t-elle, s'efforçant de prendre un ton dégagé.

N'importe quelle hétérosexuelle pubère aurait aimé pouvoir le contempler sans sa chemise. C'était une réalité, et elle ne devait pas se sentir coupable. Ce type de pensées réduisait peut-être Hunter au rang d'homme-objet, mais au moins, ce n'était pas elle qui le payait. Il n'y avait donc pas de conflit d'intérêts professionnel entre eux.

Et à sa décharge, elle ne faisait pas que le regarder : elle cherchait aussi à le connaître. Comme ami potentiel. Tout à fait. Il fallait à tout prix qu'elle garde ce détail à l'esprit, si jamais elle était tentée de se jeter sur son beau corps musclé.

Bon sang, mais où était l'hôtesse ? Elle avait vraiment besoin d'un grand verre d'eau !

Il avait soif. Très soif. Le confinement de l'avion, associé au fait que Melanie n'avait pas l'air d'avoir conscience de son charme ni de l'effet qu'elle lui faisait chaque fois qu'elle l'effleurait, était une torture. Lorsque ses fesses parfaitement moulées dans son jean ajusté avaient atterri sur son torse, il avait dû faire appel à toute sa force de volonté pour se retenir de l'asseoir sur ses genoux pour un plan de vol beaucoup plus agréable pour tous les deux.

Il posa sa veste sur son érection et abaissa sa tablette. Tous les moyens étaient bons, pourvu qu'il puisse cacher son embarrassant état. Il était en mission, bon sang ! Ce n'était pas la faute de Melanie s'il n'avait pas fait l'amour depuis quatorze mois. Quatorze long mois de célibat. Malgré son bras blessé, il avait quitté l'Afghanistan avec bonheur, car il avait hâte d'allonger sa petite amie sur un lit. Pas besoin de ses deux bras pour ça. Pendant tous ces mois, il avait fantasmé et attendu le moment où il allait pouvoir lui faire de nouveau l'amour. Il était revenu sans son plâtre, avec la libido au beau fixe. Mais au lieu du week-end de débauche et de sexe qu'il espérait, Danielle l'avait plaqué.

— J'ai un maillot de bain, oui. Une fois que je l'aurai enfilé, j'aurai l'air d'appartenir à la plage.

Dire qu'il allait être allongé sur un transat, à la regarder prendre le soleil en maillot de bain. Pourvu que ce soit un bikini ! Il fallait absolument que ce soit un bikini.

— C'est un bon point. Appliquer de la crème solaire fait-il partie de vos prérogatives officielles ? Je n'arrive jamais à en mettre là.

Elle se tourna et essaya d'atteindre ses omoplates.

— Vous voyez ?

Elle pivota de nouveau, projetant ses seins sous son nez. Sa poitrine haut perchée semblait le narguer.

— Vous voyez, c'est un problème, ajouta-t-elle, en riant. Je ne veux pas attraper des coups de soleil.

A cet instant précis, il décida de mettre sa conscience professionnelle de côté. Ian Bainbridge ne l'avait embauché que pour une semaine, et ne l'avait pas encore payé. Il ne lui devait pas un professionnalisme sans faille, alors même que ce type n'avait pas été tout à fait honnête avec lui. Quatorze mois était une période d'abstinence beaucoup trop longue, et Melanie devait être tout aussi déçue que lui à l'idée de passer ses vacances en célibataire. Comment pourrait-il rester une semaine entière avec elle sans mourir de frustration ?

Il ne voyait que deux possibilités : la conduire à son hôtel et rentrer chez lui, ou la convaincre qu'ils avaient besoin tous les deux d'une semaine de sexe et de soleil, sans obligations ni promesses.

La première possibilité ne lui paraissait pas morale dans la mesure où Ian croyait qu'elle courait un éventuel danger. Si jamais il lui arrivait quelque chose, même si cette éventualité lui semblait peu plausible, il ne se le pardonnerait jamais. La seconde possibilité lui paraissait un peu douteuse et déplacée. Mais ils étaient tous les deux adultes et il ne la brusquerait pas. Bien au contraire, il se proposait de la persuader gentiment.

Quelle amante était-elle ? A la voir, il avait l'impression qu'elle avait une approche un peu naïve mais efficace du sexe. Elle voudrait faire l'amour au bon endroit et au bon moment, avec une liste bien établie. D'abord, quelques préliminaires, suivis de sexe oral, de pénétration, et enfin d'un orgasme. Il avait peut-être tort, il ne la connaissait que depuis une heure, mais c'était comme une intuition, un pressentiment. Soudain, il l'imagina s'approchant avec détermination de son sexe.

Cette image déclencha aussitôt une érection et lui donna envie de lui prouver que le sexe n'avait pas besoin de suivre un ordre ou un plan.

— Je peux faire office de garçon de plage, dit-il. Je vous masserai partout où vous voudrez.

Les sourcils de Melanie se dressèrent sous l'effet de la surprise.

— Merci. Hem. Et... si vous me parliez de vous. Etes-vous marié ? Avez-vous des enfants ?

Il faillit esquisser un sourire, mais le retint de justesse.

— Non et non, répondit-il.

Sa fierté l'empêchait de lui parler de Danielle mais il se dit que cette information pouvait jouer en sa faveur.

— Lorsque je suis rentré de mission, avoua-t-il alors, ma petite amie a mis un terme à notre relation.

Il avait fait mouche. Les traits de Melanie s'adoucirent. Elle posa une main compatissante sur son genou.

— Oh ! Je suis désolée. C'est très dur de maintenir une relation à distance.

— Beaucoup de personnes y arrivent, répondit-il, sincère. Si celle-ci n'a pas fonctionné, c'était que nous n'étions pas faits l'un pour l'autre.

Mais Danielle aurait pu le lui dire avant son départ, au lieu de le laisser vivre tous ces mois dans l'espoir d'un retour heureux.

— Vous êtes très stoïque.

— Je ne dirais pas ça. Je me suis contenté d'aller dans un stand de tir pour oublier mon chagrin.

— Quelle bonne idée ! répondit-elle, en faisant la

grimace. Vous auriez peut-être besoin d'un exutoire plus constructif.

— J'ai peut-être besoin de sexe.

Il était curieux de voir qu'elle serait sa réponse.

— Oh!

Ses joues devinrent cramoisies.

— C'est vrai, ajouta-t-elle d'un air gêné. Il y a aussi cette solution.

— Désirez-vous boire quelque chose? demanda soudain l'hôtesse d'une voix aimable, en arrêtant son chariot à côté de Hunter.

Le moment était bien choisi. Mieux valait laisser Melanie réfléchir quelques instants à ce qu'il venait de lui dire.

— Je prendrai un café noir, dit-il. Et de l'eau.

Il se tourna vers elle.

— Que voulez-vous?

— De l'eau gazeuse avec du citron. Et une vodka.

— Prête pour faire la fête? plaisanta-t-il.

— C'est un peu trop tôt, je le reconnais. Mais je viens du Kentucky. Je tiens bien l'alcool. Je maintiens mon choix.

— Ça fera huit dollars, dit l'hôtesse, en saisissant une petite fiole. Seulement par carte de crédit.

Hunter sortit son portefeuille et lui tendit sa carte pendant que Melanie fouillait encore dans son immense sac coincé sous le siège avant.

— Ce n'est pas à vous de payer, protesta-t-elle.

— Si cet homme veut vous payer un verre, laissez-le faire, dit l'hôtesse, en leur tendant leurs verres. Vous ne le reverrez plus jamais.

— Nous partons ensemble au Mexique pour une semaine, l'informa Melanie.

L'hôtesse poussa un petit grognement qu'elle accompagna d'un geste de la main.

— Dans ce cas, vous devriez le laisser payer tous vos verres. Je suis désolée, je n'avais pas compris que vous étiez ensemble.

Elle se tourna vers Hunter.

— Je croyais que vous voyagiez pour affaires.

— Je suis son garde du corps, dit-il, poussé par le besoin de s'expliquer sur sa tenue.

Cette réponse risquait de rendre Melanie hystérique et il aimait la taquiner.

— Vous êtes sérieux ?

La jeune femme observa Melanie plus attentivement.

— Vous êtes célèbre ? demanda-t-elle.

Tandis que Melanie commençait à secouer la tête, Hunter lui effleura le genou.

— Elle n'est pas célèbre pour tout le monde, répliqua-t-il. Mais chez les initiés, elle compte plusieurs fans qui en sont venus à la harceler. Je suis ici pour la protéger.

— Oh ! Vraiment ?

L'hôtesse déverrouilla son chariot et commença à le pousser. Puis elle demanda à Melanie à voix basse :

— Puis-je savoir dans quel secteur d'activité vous travaillez ?

Melanie entra dans le jeu, ce qui surprit beaucoup Hunter. Il croyait qu'elle allait s'emporter, s'excuser et répondre que c'était en réalité son petit ami, un célèbre photographe, qui était harcelé. Mais elle répondit :

— Bien sûr. Je suis actrice dans des films de charme. Vous en avez peut-être vu certains ? *Roméo, Juliette et Juliette* ? Ou *Les Hanches du désir* ?

Le sourire curieux de l'hôtesse disparut aussitôt.

— Non, je suis désolée.

Elle poussa rapidement le chariot un mètre plus loin dans l'allée.

Toussant pour couvrir son rire, Hunter regarda Melanie d'un air amusé.

— Je n'étais pas au courant.

— Je n'aime pas me vanter, dit-elle d'un air désinvolte.

— Ce sont des vidéos amateurs, ou bien elles sont téléchargeables en ligne ?

Il savait qu'elle plaisantait, mais l'image de Melanie portant un corset et touchant son sexe envahit son esprit.

— Aucun des deux, répondit-elle, en tapant sur sa cuisse. Ne faites pas l'idiot.

— Je fais l'idiot, c'est ça ? Je vous rappelle que c'est vous qui avez mis la pagaille avec l'hôtesse.

Il l'observa avec attention.

— Honnêtement, je pense que vous ne seriez pas capable de tourner une vidéo amateur. Ce n'est pas votre genre.

— Et que savez-vous de mon genre ? demanda-t-elle d'un air provocant.

— Vous ne me paraissez pas être impulsive. Les vidéos que les couples tournent chez eux sont spontanées. Ou provocantes.

— Je sais me montrer provocante !

Elle paraissait contrariée. Ou du moins, il la sentait légèrement sur la défensive.

— J'ai déjà posé nue, vous savez !

— Votre petit ami est photographe. Je ne trouve pas ce geste particulièrement osé.

— Mon *ex*-petit ami, rectifia-t-elle.

— Désolé. Je ne voulais pas revenir sur un sujet douloureux.

Elle haussa les épaules.

— Je n'ai pas posé pour lui seule. J'ai participé à toutes ses séances photos. C'était une sorte de clin d'œil entre nous. De toute façon, je devais voyager avec lui pour des questions professionnelles. C'est pourquoi je figure sur toutes les photos qu'il a prises l'année dernière.

— Vraiment ? Vous êtes une sorte de Charlie, mais nue ?

Cette idée lui parut très séduisante. Cette fille avait du cran, c'était sûr. Et elle paraissait assez bien dans sa peau. Une peau douce et chaude.

Elle partit à rire et but une petite gorgée de sa boisson.

— Sur certains clichés, je porte un déguisement.

— Comment est-ce que vous pouvez être déguisée, alors que vous êtes nue ?

Son esprit prenait une direction si dangereuse qu'il était heureux d'avoir gardé sa veste sur ses genoux.

— Je porte des lunettes et une perruque.

— Oh…

Elle était aussi perverse que lui.

— Fascinant… Je bois à votre courage.

Il leva sa tasse de café en plastique et porta un toast.

— A l'art et à la postérité ! lança-t-il.

— A l'art.

Elle leva son propre verre et trinqua doucement avec lui avec un petit sourire terriblement sexy.

Dès qu'ils auraient atterri, il se jura de se ruer sur les photographies de Ian Bainbridge publiées en ligne. Avec ou sans perruque, il était certain de reconnaître les courbes voluptueuses de Melanie.

Et tout cela, grâce à Internet, au génie de Bainbridge en tant qu'artiste et à sa stupidité en tant qu'homme. Cette mission s'annonçait finalement beaucoup plus excitante que prévu.

Chapitre 3

Est-ce que Hunter mesurait à quel point ses paroles l'affectaient ? Il ne voulait certainement pas flirter avec elle, mais depuis l'instant où ils étaient montés dans cet avion, une heure plus tôt, elle avait l'impression qu'il n'avait parlé que de sexe. Mais peut-être ne faisait-elle que projeter ses propres frustrations sur leur conversation ? Quoi qu'il en soit, cela la rendait folle.

Elle se demandait qui pouvait être son ex-petite amie. Une femme stupide, de toute évidence, pour avoir plaqué un homme comme Hunter. Bien sûr, elle avait bien fait d'attendre qu'il soit de retour de mission pour lui dire en face qu'elle ne voulait plus de lui, contrairement à certains photographes qui se contentaient d'une lettre. Rompre par SMS ou par mail alors qu'il était de par le monde aurait été le signe d'une extrême froideur. Cette femme n'était peut-être pas aussi stupide, finalement… Elle aspirait simplement à autre chose, quelque chose de moins beau et de moins séduisant.

Dire qu'elle lui avait avoué avoir posé sur les photos de Ian ! Elle n'en revenait pas. Pourquoi lui avait-elle dit ça ? Elle ne s'était confiée qu'à sa meilleure amie, Jeannie.

Lorsqu'elle avait posé, elle s'était sentie pleine d'audace et de cran, mais n'avait jamais ressenti le besoin d'en parler. Dans le cas présent, elle s'en était pratiquement vantée auprès de Hunter. Elle savait pourquoi. Malgré ce que le bon sens lui dictait, elle se sentait attirée par lui et elle voulait l'impressionner.

Rechignant à poursuivre une conversation qui ne pouvait que l'exciter plus encore, sans possibilité aucune de soulager sa frustration, Melanie sortit le magazine de mode qu'elle avait apporté. Hunter la laissa feuilleter tranquillement les pages, chose que Ian n'aurait pas faite. Il aurait lu par-dessus son épaule et critiqué les poses artificielles des mannequins. Elle était d'accord avec lui, en général, mais parfois, elle avait juste envie de regarder des chaussures en rêvassant, sans se demander pourquoi l'éclairage du cliché était mauvais.

Intéressant. Voilà qu'elle se sentait soulagée que Ian ne soit pas avec elle... Il n'était plus son petit ami depuis quelques heures à peine, et déjà, elle était passée à l'étape suivante : celle où elle n'avait plus besoin de pleurer la mort de leur relation. La vitesse à laquelle elle avait atteint le stade de l'acceptation était éloquente, mais la plongeait dans un état de profonde consternation. Bonté divine, pourquoi avait-elle mis autant de conviction à croire en la viabilité de sa relation avec lui ?

A côté d'elle, Hunter avait fermé les yeux et elle en profita pour l'étudier. Son visage n'avait rien d'enfantin. Bien au contraire, il avait des traits mûrs, comme taillés à la serpe, des pommettes saillantes et une mâchoire volontaire. Une petite cicatrice blanche lui barrait le menton. Elle était surtout sortie avec des hommes créatifs, des artistes. Cela faisait au moins dix ans qu'elle n'avait pas regardé un homme — un vrai, pas un acteur de cinéma — et ressenti cette attirance primaire provoquée par un corps musclé et une odeur virile.

En observant Hunter endormi, elle la ressentait, cette attirance, et de manière aiguë. Il respirait la force et la virilité. Et son corps de femme répondait instinctivement à cet appel.

Après avoir vu ses amies tomber les unes après les autres en pâmoison devant les mauvais garçons de leur école, elle avait décidé de se mettre en quête de petits amis capables de lui offrir une stimulation plus intellectuelle que physique. Une fille ne pouvait pas garder la tête sur les épaules si elle était trop excitée, estimait-elle alors, et elle voulait être capable de conserver le contrôle sur elle-même à tout instant. Elle avait donc passé les douze dernières années à se protéger et pourtant, cela ne l'avait pas empêchée de manquer de présence d'esprit. La preuve : elle avait réussi à se convaincre de sortir pendant un an avec un homme qui, manifestement, ne méritait pas son attention !

Méthodiquement, elle déchira en tout petits morceaux la carte de Ian. Puis elle en fit un tas sur son plateau qu'elle jeta ensuite dans son verre en plastique. Lorsque l'hôtesse revint pour débarrasser leur tablette en vue de l'atterrissage, elle lui tendit le sien, marquant ainsi sans plus de cérémonie la fin d'une année de vie amoureuse. Comme si elle n'avait jamais existé.

Lorsque les roues de l'avion heurtèrent le tarmac, Hunter se réveilla en sursaut. Il croisa son regard et lui décocha un sourire ensommeillé incroyablement sexy, qui lui mit les sens en ébullition.

— *Bienvenido a Mexico,* dit-il. J'espère que vous allez bien profiter de vos vacances, Melanie.

En plus d'être séduisant, il était attentionné.

— Ou bien dois-je vous appeler par votre nom de scène ? la taquina-t-il.

— Et quel serait-il ? demanda-t-elle, en riant.

— A vous de me le dire. Même si je vous vois bien porter celui de Candy.

— Pourquoi ça ?

— Vous êtes aussi douce que du sucre.

Elle ne se voyait pas forcément comme une personne douce. Elle se considérait comme quelqu'un d'aimable, mais les adjectifs utilisés pour la désigner étaient plutôt « efficace », « organisée » et « ponctuelle ».

Rien de très excitant. Aucun nom d'actrice porno ne pourrait vraiment lui aller.

— Je ne le sens pas très bien.

— Melly, alors ? Melly Ambrosia.

— Melly ?

Ce prénom lui paraissait superficiel à souhait, ce qui était presque un prérequis pour une actrice de film porno.

— Je pourrais m'y faire, répondit-elle. Ce sera donc notre histoire à l'hôtel ? Je serai une actrice de films porno ? Personne ne me croira, surtout lorsque l'on m'aura vue en bikini !

— Dites aux gens ce que vous voulez. Vous êtes en vacances.

— Merci de me le rappeler.

Elle regarda par le hublot. Un soleil radieux brillait dans le ciel. Elle n'avait pas de travail. Il n'y avait pas de neige. Elle était en vacances. Elle entrevoyait même dans son avenir proche l'ombre d'un cocktail aux fruits.

En traversant le tarmac en direction de l'aéroport, elle sentit une délicieuse brise tropicale souffler sur sa peau fatiguée par l'hiver. Elle roula ses épaules endolories et offrit son visage au soleil.

— Ah, que c'est bon !

La veste sur l'épaule, Hunter marchait derrière elle, les yeux plissés.

— Voulez-vous aller à la piscine en arrivant à l'hôtel ? demanda-t-elle.

— Comme vous voudrez, Melanie. Je suis ici pour vous suivre.

Il comptait apparemment s'en tenir à cette stupide histoire de garde du corps. Bien… Il faudrait qu'elle lui en parle, mais un peu plus tard.

— Pour combien de temps Ian vous a-t-il embauché ?

S'il devait la suivre comme son ombre une fois de retour à Chicago, elle risquait de se lasser rapidement. Elle voulait juste rouler nue dans un lit avec lui, et non qu'il la suive en silence à la cafétéria. En fait, voulait-elle vraiment passer du temps avec lui nue dans un lit ?

Elle lui lança un regard de biais. Il était à présent en train de rouler les manches de sa chemise. Oh oui, elle le voulait, c'était certain ! Vilaine Melanie… Ou plutôt Melly. Si elle faisait semblant d'être Melly Ambrosia, actrice de films porno, Hunter aurait-il envie de coucher avec elle ? Ou bien ne verrait-il en elle rien d'autre qu'un contrat ennuyeux ?

Sous couvert de son identité factice, elle n'aurait plus l'impression de se lancer dans une aventure sous le coup de la déception. Ce serait plutôt comme sortir de sa coquille, et fêter son nouveau statut de célibataire libre de faire l'amour avec qui et quand elle le souhaitait.

Une bonne façon de voir les choses, à condition de le faire, ce qui n'était pas encore certain. En revanche, elle savait pertinemment qu'elle n'était pas prête à se lancer dans une véritable relation. Si elle acceptait de s'amuser un peu, c'était uniquement à la condition que cette aventure reste sans suite. Histoire de rompre radicalement avec tout ce qu'elle avait fait ces douze dernières années. Le seul problème, c'est qu'elle doutait de pouvoir se lancer dans une aventure sans lendemain, ce qui signifiait que son involontaire et malheureux état de célibataire risquait de perdurer.

Plus elle y réfléchissait, plus elle trouvait ridicule d'avoir souffert d'insatisfaction, en étant en couple. Le sexe avec Ian n'était pas désagréable, mais il s'était toujours montré un peu égoïste. Et si elle ne voyait que maintenant les neuf millions de drapeaux rouges qui s'étaient dressés, indiquant que tout n'allait pas bien avec lui, c'était qu'elle était un peu lente à comprendre. Sur le papier, tout paraissait parfait, mais il était impossible de contraindre une personne à craquer pour une autre.

Evaluer une personne en se basant sur des critères théoriques était une perte de temps. De même qu'attendre qu'une autre personne décide de son propre avenir. Il fallait qu'elle prenne le temps de réfléchir à ce voyage avant de décider de la suite qu'elle allait lui donner.

— Bainbridge m'a embauché pour une semaine, répondit Hunter.

— Ce qui veut dire que pour lui, ma sécurité n'a d'importance que pendant une semaine, alors que je me trouve à des milliers de kilomètres de mon domicile et de la femme qui le harcèle ? C'est vraiment ridicule !

Elle secoua la tête d'un air désolé, mais sourit à Hunter en acceptant une fleur de la part des femmes venues leur souhaiter la bienvenue.

— Je ne sais pas quoi vous dire, répondit Hunter, en prenant à son tour une fleur, avant de se tourner pour la lui planter dans les cheveux.

Elle frémit en sentant le contact inattendu de ses doigts sur sa joue.

— J'ai appris depuis bien longtemps qu'il était inutile de chercher à savoir ce qui se passe dans la tête de quelqu'un, ajouta-t-il. C'est une perte de temps et d'énergie.

Elle leva les yeux vers lui, priant pour qu'il la touche de nouveau. Ce simple contact était tellement agréable !

— Vous ne vous demandez donc pas ce que je pense, à cet instant ?

Elle voulait qu'il devine qu'elle se sentait attirée par lui. Qu'il fasse le premier pas. Elle était fatiguée d'être l'instigatrice des événements, de dresser des plans et de rechercher les occasions d'être avec un homme. Elle voulait être séduite, à l'instar de Melly, l'actrice de films porno.

Hunter lui décocha un sourire en coin.

— Si vous êtes Melly Ambrosia, vous êtes en train de vous dire que cette petite pause dans votre vie débridée vous fera du bien. Vous rêvez de rester seule à vous dorer au soleil et à faire de la tyrolienne.

Dans ce cas, elle était loin d'être Melly Ambrosia, car depuis des semaines, elle ne pensait qu'au sexe et à sa frustration.

— Je croyais que les acteurs de films porno aimaient le sexe, objecta-t-elle.

— En réalité, je n'en sais rien. Je ne l'ai jamais été moi-même. La réception des bagages se fait dans cette direction, l'informa-t-il.

Melanie se fichait des bagages, mais elle lui emboîta le pas.

— Ne soyez pas modeste.

Hunter rit doucement.

— J'ai vraiment été militaire et en service actif pendant douze ans.

Il lui lança un petit clin d'œil.

— Mais j'aurais très bien pu être un acteur de films porno, si je l'avais voulu. J'ai toutes les qualifications requises.

Il devrait se méfier… Ses allusions au sexe pourraient être mal interprétées, s'il ne faisait pas attention.

— Vous pensez à votre nom ?

— A mon nom, et à mes attributs, dit-il avec un sourire espiègle.

Fanfaronnade masculine classique. Elle ne devait pas en déduire qu'il flirtait avec elle.

— Et à ma modestie, aussi, ajouta-t-il.

Elle fit un geste vers la foule des voyageurs qui se dirigeaient tous au même endroit.

— Est-ce là où nous devons récupérer nos bagages ?

— On dirait bien. A quoi ressemble le vôtre ?

— Il est décoré de pois.

Mais elle voyait déjà sa valise.

— La voici, ajouta-t-elle, en la lui désignant du doigt.

Elle posa son bagage à main pour aller la chercher, mais Hunter la prit de vitesse. Il souleva la valise d'une seule main.

— Hunter ! Votre bras ! Posez-la !

— J'ai deux bras, vous savez…

Il posa sa veste sur la valise.

— Et même mon bras blessé fonctionne.

Elle résista à l'envie de lever les yeux au ciel. Elle n'avait pas l'habitude des hommes virils, avec leur besoin constant de faire étalage de leur force. L'expérience pouvait s'avérer intéressante.

— Merci.

Il saisit ensuite sur le tapis un petit sac de voyage noir beaucoup moins volumineux.

— C'est votre bagage ? demanda-t-elle. Qu'avez-vous mis dedans ? Deux caleçons et une brosse à dents ?

Elle n'aurait pas survécu plus de six heures avec un bagage aussi minuscule.

— Qui a besoin de porter des sous-vêtements ? plaisanta-t-il.

Voilà qu'il recommençait à la taquiner et à flirter !

— Tant que votre haleine reste fraîche, le reste ne me regarde pas, dit-elle.

Tandis qu'ils se dirigeaient vers la navette qui devait les emmener à l'hôtel, Hunter observa Melanie sans parvenir à déchiffrer son expression. Elle paraissait pensive. Peut-être était-il allé trop loin avec cette plaisanterie à propos du nom d'actrice porno. Il fallait qu'il se souvienne qu'elle avait été blessée et qu'elle devait se sentir mal dans sa peau, triste et folle de rage, de faire ce voyage seule. Elle s'attendait à être là avec son petit ami, et à la place, c'était lui qui se trouvait avec elle. Il fallait qu'il calme le jeu et fasse preuve d'un peu plus de sensibilité.

Elle semblait broyer du noir et il ignorait pourquoi. Etait-ce dû à la situation, ou bien à sa stupide blague à propos de ses sous-vêtements ? Il l'avait vue s'arrêter pour lever le visage vers le soleil, lorsqu'elle était descendue de l'avion, et inspirer profondément. Peut-être ne voulait-elle que se détendre et réfléchir.

Il garda le silence tout le long du trajet et donna un pourboire au chauffeur en arrivant devant l'hôtel. S'occupant seul des bagages, il la laissa déambuler dans le hall, un peu surpris de constater à quel point il était médiocre. L'endroit n'avait vraiment rien de luxueux. Non seulement Bainbridge choisissait mal ses moments pour rompre, mais il paraissait en outre près de ses sous. L'hôtel était beau et plus que convenable pour lui, simple garde du corps et ancien militaire, mais ce n'était pas le genre d'établissement qu'on s'attend à voir un millionnaire choisir. Peut-être Bainbridge n'aimait-il pas gaspiller son argent. Il n'y avait rien de mal à cela.

En ce qui le concernait, il était ravi ! Il se sentait mal à l'aise dans les environnements trop guindés. Un peu comme un taureau dans un magasin de porcelaines. Il n'avait ni la garde-robe, ni les manières, ni l'argent, pour fréquenter les snobs. Il était donc heureux de la tournure que prenait ce voyage. Ce qui s'annonçait au départ comme une mission ennuyeuse, destinée à ne lui rapporter qu'une poignée de dollars, prenait la tournure d'une semaine très agréable au calme, sous le soleil. Et en compagnie d'une superbe femme, qui plus était !

Il l'entendait d'ailleurs hausser le ton contre le réceptionniste.

Il laissa leurs bagages et alla la rejoindre.

— Que se passe-t-il ? demanda-t-il, posant une main au bas de son dos en un geste qui se voulait rassurant.

Il la sentit tendue. Un pli soucieux lui barrait le front et ses épaules étaient raides.

— Nous n'avons qu'une seule chambre, lança-t-elle par-dessus son épaule.

— Je suis désolé, mademoiselle Ambrose, s'excusa le réceptionniste, mais c'est ce que vous avez réservé. C'est une très belle chambre, vous verrez, avec vue sur la mer et les dauphins.

— Je suis certaine que la vue est magnifique, mais nous avons besoin de *deux* chambres !

Hunter garda le silence. Personnellement, il ne voyait aucune objection à partager sa chambre avec Melanie. Il préférait même cette option. Il n'était pas habitué à beaucoup d'intimité, ni à être seul. En revenant aux Etats-Unis, il se croyait prêt à se damner pour un peu d'espace et d'intimité et, pendant les premières semaines, il s'en était en effet délecté. Ensuite, la solitude lui avait pesé. Il n'avait personne à qui parler, personne avec qui partager une pensée ou plaisanter. Son unité était composée uniquement d'hommes, et l'esprit de camaraderie qui y régnait lui manquait. L'odeur, beaucoup moins. Cela faisait très longtemps qu'il n'avait pas eu l'occasion de partager un lieu avec une femme, ses parfums et ses caprices.

Même si Melanie et lui n'étaient pas amenés à vivre une intimité sexuelle, profiter quelques jours de sa présence était déjà une perspective des plus engageantes. Combien de temps lui faudrait-il pour la faire rire au cours d'une journée normale, une journée où elle ne viendrait pas de se faire plaquer par son petit ami ?

— Nous avons une autre chambre disponible au même prix, l'informa le réceptionniste.

Melanie blêmit.

— Formidable !

Elle se tourna vers Hunter.

— Je peux appeler Ian, proposa-t-elle. Il prendra en charge votre chambre. C'est lui qui vous a engagé, après tout. Je suis désolée, mais j'ai déjà cassé ma tirelire pour payer ce voyage. Je ne peux pas me permettre de prendre une autre chambre.

— C'est vous qui avez payé ce voyage ? s'écria Hunter, atterré. Quel est votre métier ?

Cela n'avait aucune importance. Bainbridge gagnait des tonnes d'argent : il n'y avait donc aucune raison pour que sa petite amie paye ses vacances. S'ils étaient tous les deux fortunés, alors ils pouvaient se partager les frais, mais il aurait mis sa main à couper que Melanie et son ex ne se situaient pas dans la même tranche de revenus.

— Je suis responsable des relations publiques pour Ian, expliqua-t-elle. C'est un bon travail, mais il ne me rapporte pas suffisamment pour payer deux chambres d'hôtel à Cancún.

Ses yeux s'embuèrent.

— Je suis désolée, Hunter. C'est un désastre. J'ignore pourquoi Ian me fait vivre tout ça. Je commence à croire qu'il me déteste.

Ses lèvres se mirent à trembler.

— Jamais personne n'avait fait preuve de méchanceté à mon égard. Qu'ai-je donc fait pour mériter ça ?

Il s'apprêtait à la rassurer, mais elle poursuivit :

— C'est tellement gênant !

Elle se tourna vers le réceptionniste.

— Nous ne prendrons qu'une seule chambre.

Puis elle le regarda de nouveau.

— A moins que vous ne vouliez en prendre une et la facturer à Ian ?

— Heu, non, je ne peux pas me le permettre non plus, et je n'ai aucune garantie qu'il me remboursera. Vous êtes condamnée à me supporter, on dirait bien, mais je vous jure que je ne ronfle pas !

Elle lui sourit d'un air dévasté, puis s'adressa de nouveau au réceptionniste.

— Nous allons faire pour le mieux. Désolée pour le dérangement.

L'homme lui sourit, lui assurant aimablement qu'il n'y avait aucun problème. Hunter balaya du regard le hall de l'hôtel pour s'imprégner de son ambiance. Il entendit le réceptionniste donner à Melanie des informations concernant les buffets, la piscine et la manière de réserver des excursions, si ce n'était pas déjà fait. Il était encore estomaqué d'apprendre que c'était elle qui avait payé la facture. Plus que jamais, il était décidé à ce qu'elle profite au maximum de ses vacances. Le hall était à ciel ouvert et il devait bien reconnaître que, même si la neige lui avait manqué quand il était en mission, il appréciait à cet instant la brise chaude en provenance de l'océan. Il y avait dans l'air un parfum d'iode et détente.

Quand Melanie lui montra la clé de leur chambre, il vit ses lèvres se serrer. Il reprit leurs bagages.

— Je peux dormir par terre, dit-il. J'en ai l'habitude.

Elle s'arrêta et ôta ses lunettes de soleil.

— Melly Ambrosia se moquerait bien de partager un lit king size avec son garde du corps. Elle n'y réfléchirait pas à deux fois. Cette solution me convient, si vous êtes d'accord. Il n'y a pas de raison que vous souffriez, sous prétexte que Ian est un crétin. Je vous promets que je ne donne pas de coups de pied quand je dors et que je ne bouge pas.

Très bien.

— Si ça ne vous dérange pas... Je ne peux pas dire que j'aie une folle envie de dormir par terre sur un matelas.

En arrivant dans la chambre et en apercevant le sol carrelé, Hunter fut conforté dans cette idée. Dormir par terre risquait d'être terriblement douloureux. Melanie semblait l'avoir elle aussi compris.

— Nous pouvons partager ce lit.

Elle lança son sac sur la surface froide et glissante.

— Bon sang, c'est ridicule ! J'ai bien envie d'étrangler Ian ! Nous voici à Cancún, deux parfaits inconnus partageant la même chambre, et pourquoi ? Oui, dites-moi pourquoi ?

Elle hissa sa valise sur le banc destiné à cet usage et l'ouvrit brutalement.

— Je n'en sais rien, poursuivit-elle. Voilà la réponse. Je n'en sais fichtrement rien !

Elle avait pleinement le droit de se mettre en colère et franchement, il trouvait qu'elle manifestait beaucoup plus de retenue que lui-même l'aurait fait, s'il avait été dans la même situation.

— Vous devriez peut-être l'appeler, suggéra-t-il.

— Je n'ai pas de forfait international, et je n'ai pas l'intention de dépenser un centime de plus pour cet homme.

Il ne pouvait pas le lui reprocher.

— Dans ce cas, au diable Ian Bainbridge ! Vous pourrez toujours le cribler de questions à votre retour. Mais pour l'instant, ouvrons plutôt le minibar mis à notre disposition et allons découvrir la terrasse. Nous avons une vue sur les dauphins, vous vous souvenez ?

Il ignorait ce que cela voulait dire exactement, mais c'était une option qu'elle avait choisie en réservant cette chambre.

Elle prit une profonde inspiration et soupira.

— Vous avez complètement raison. J'étouffe, ajouta-t-elle.

Ouvrant sa valise, elle en sortit un vêtement et disparut avec dans la salle de bains.

Lui aussi étouffait. Il retira ses chaussures de ville et ouvrit son sac pour chercher ses sandales.

Melanie réapparut à cet instant, portant un minuscule débardeur à la place de son chemisier cintré.

— Ça fait du bien, vous ne trouvez pas ? dit-il. Dire qu'ils ont prévu du blizzard dans deux jours à Chicago. Vous pouvez prendre tous les selfies que vous voudrez et les mettre en ligne, si vous voulez faire baver de jalousie vos amis.

Assis au bord du lit, il ôta ses chaussettes et remua les orteils. Il était en train de déboutonner sa chemise quand Melanie se tourna vers lui pour lui répondre. Il vit alors sa bouche s'ouvrir de surprise, puis se refermer rapidement.

— Qu'y a-t-il ? demanda-t-il.

— Rien.

— Vous préférez peut-être que j'aille dans la salle de bains pour me changer ?

Il ne voyait pas où était le problème, mais après tout, il se trouvait dans sa chambre. C'était elle qui avait payé ce séjour. Techniquement, il était son employé.

— Non, ce n'est pas grave, soupira-t-elle. Vous allez m'accompagner à la plage, de toute façon. Je dois pouvoir supporter de vous voir torse nu.

Sa voix et ses gestes étaient fébriles. Elle n'arrêtait pas de se passer la main dans les cheveux.

Ce qui, selon lui, ne présageait rien de bon.

Elle se dirigea vers la porte-fenêtre et la fit coulisser.

— Oh ! Hunter ! s'écria-t-elle. Venez voir les dauphins !

— Sur la terrasse ?

— Mais non, dans l'eau ! Venez voir.

Il finit d'enlever sa chemise et rejoignit Melanie. Sur la terrasse se trouvaient un hamac et deux fauteuils.

De l'autre côté de la balustrade, il aperçut une grotte et un couple de dauphins qui s'ébattaient joyeusement dans l'eau.

— C'est très beau, dit-il.

— Ils sont vraiment mignons, vous ne trouvez pas ?

Elle fit quelques pas et se pencha en avant pour mieux les voir. Ses fesses moulées dans son jean se levèrent vers lui.

— Très mignon, en effet, dit-il, savourant pleinement le spectacle.

— Pourquoi battent-ils l'eau avec leurs nageoires ?

— Je l'ignore. Mais ils doivent bien avoir une raison de le faire. Heureusement que vous n'êtes pas partie en Alaska : vous auriez demandé une chambre avec vue sur les pingouins.

Il se tut, consterné. C'était la pire blague qu'il ait jamais faite.

— Comment ? Pour un garçon qui a l'air si sérieux, vos plaisanteries sont redoutables.

— Je suis un homme à plusieurs facettes.

C'était surtout un mécanisme de défense. Le psychiatre qu'il avait dû consulter après sa blessure le lui avait dit. Et cette technique semblait très bien fonctionner.

— Pourquoi est-ce que vous êtes devenu garde du corps ?

— Parce que je n'ai pas d'autres qualifications, répondit-il franchement.

— C'est la seule raison ?

Il hésita quelques secondes à lui répondre, et posa les avant-bras sur la balustrade, contemplant la mer en contrebas. Les dauphins faisaient des bruits qui ressemblaient à des claquements de langue et quelque part dans l'hôtel, un groupe de mariachis chantait.

— Non, je voulais continuer à protéger les gens, me rendre utile. En quittant l'armée, j'avais l'impression de ne plus avoir de but.

— Je vous imagine très bien dans ce rôle, dit-elle d'une voix calme. Vous avez l'intention de garder ce type d'emploi ? Vous travaillez pour une entreprise ?

— Oui. Je n'ai pas ma place dans un bureau.

C'était la vérité. Il préférait l'action et n'avait jamais voulu se donner la peine de monter sa propre société de services ou de conseil. Il était bien plus simple de se faire embaucher par une entreprise de sécurité et d'être sur le terrain. Il espérait retrouver les montées d'adrénaline qu'il avait ressenties lorsqu'il était dans le corps des marines, mais il avait vite compris que ce travail était le plus souvent ennuyeux.

Il avait également découvert que cet emploi l'amenait à parler avec ses clients. Et surtout, que ces clients aimaient lui raconter leur vie. Alors il les écoutait, comme il l'avait toujours fait. Son visage inspirait les confidences, lui répétait sa mère, mais honnêtement, il ne savait pas pourquoi. Peut-être les gens interprétaient-ils son silence comme une invitation à se livrer ? Peut-être sentaient-ils qu'il n'était pas homme à juger son prochain ?

— Ce travail n'est pas exactement ce que j'attendais, avoua-t-il franchement. J'étais à la recherche de plus d'action.

— Et ce n'est pas avec moi que vous allez en trouver !

Seuls les dauphins pouvaient voir l'effet de cette réflexion sur lui. Heureusement…

— On ne sait jamais. Il arrive parfois qu'on trouve de l'action là où on s'y attend le moins.

Comme pour lui donner raison, le dauphin souffla un gros jet d'eau par son évent.

Chapitre 4

Le soleil réchauffait délicieusement son buste et ses bras nus, et Hunter dégageait un parfum mâle de terre auquel Melanie ne pouvait échapper. Toutes les trente secondes environ, elle lançait vers lui un coup d'œil furtif. Son physique était encore plus prometteur que dans son imagination. Son garde du corps n'était fait que de muscles, et contrairement à son propre teint pâle et terreux, sa peau était dorée et son torse recouvert d'une toison des plus viriles.

— Je meurs de faim ! dit-elle. Voulez-vous que nous allions prendre un déjeuner tardif ?

Avec tous les événements de la journée, propices à la déboussoler, elle avait complètement oublié de se restaurer. Elle commençait à avoir des vertiges, mais ceux-ci étaient partiellement dus à la présence de Hunter, torse nu, à côté d'elle.

— Bien sûr. Nous ferons tout ce que vous voudrez, vous vous en souvenez ?

Elle ne l'avait pas oublié, mais cette idée la mettait mal à l'aise. Elle n'avait jamais eu d'employé sous ses ordres. C'était plutôt elle qui les recevait, d'habitude, non le contraire, et cette situation nouvelle était pour le moins étrange.

— Parfait, alors... Inutile de se changer. Je veux juste prendre quelque chose de rapide au buffet, puis aller à la piscine. Nous irons à la plage après-demain.

Elle se leva et revint vers la porte.

— Demain, j'ai prévu d'aller faire une promenade à cheval, précisa-t-elle. Etes-vous certain de vouloir m'accompagner ?

— Oui. Melly a besoin d'un garde du corps. Et ce garde du corps, c'est moi.

Il avait donc vraiment l'intention de la suivre partout.

— Ce n'est pas absolument nécessaire, vous savez. Je serais heureuse de vous laisser tranquille. Je dirai à Ian que vous avez fait votre travail et je le laisserai payer la facture. Il le mérite.

— Et que se passera-t-il, si jamais vous êtes vraiment en danger ? demanda-t-il, en se dirigeant vers son sac pour en extraire un T-shirt.

— Je ne suis pas en danger ! Si Savannah la Harceleuse a été assez maligne pour découvrir que je sortais avec Ian alors que notre relation était supposée rester secrète, elle sera assez intelligente pour savoir qu'il m'a quittée. Je suis en voyage au Mexique sans lui. La situation est assez parlante, vous ne trouvez pas ?

Elle fouilla son sac à la recherche de crème solaire et commença à s'en étaler sur le visage. Chaque fois qu'elle évoquait Ian, elle sentait la colère la gagner.

— Cette femme est une harceleuse très zélée, reconnaissons-lui ça, mais apparemment inoffensive. Elle se croit amoureuse de Ian.

— Je me sentirai mieux en faisant mon travail,

répondit Hunter. Elle vous considère peut-être encore comme une rivale.

— Pourquoi attendrait-elle que Ian me quitte pour m'attaquer, et à des milliers de kilomètres par-dessus le marché ? C'est totalement absurde !

— Il se peut que vous ayez raison, mais je vous demande juste de me laisser faire mon travail.

— D'accord, mais faisons un pacte : ne me parlez plus de Ian ou de harceleuses, voulez-vous, sauf si c'est absolument nécessaire. J'en ai assez de toute cette histoire.

— Oui, j'imagine, dit-il, lui lançant un regard pénétrant. Je voulais juste vous manifester un peu de... compassion.

La dernière chose sur terre qu'elle désirait, c'était bien qu'un beau garde du corps soit désolé pour elle ! Elle fut tentée de lui lancer le flacon de crème solaire au visage, puis se ravisa. Elle n'était pas du genre à passer sa frustration sur la mauvaise personne. Elle serra les lèvres et appliqua la crème sur sa peau.

— Vous savez, vous n'avez pas besoin de me regarder comme la pathétique femme abandonnée avec laquelle vous êtes coincé.

— Désolé, dit-il une fois encore.

L'expression de son visage avait changé, comme s'il cherchait délibérément à détendre l'atmosphère.

— Mais vous vous trompez complètement, Melanie. Je ne vous regarde pas comme une pathétique femme abandonnée. Je ne sais tout simplement pas si je suis censé aborder le sujet de votre rupture avec vous ou pas. Vous devez me donner un signal pour m'indiquer si je peux faire un commentaire ou non, quand vous faites allusion à Bainbridge.

— Je vois.

Elle venait de comprendre qu'il marchait sur des charbons ardents avec elle et, à la façon dont il avait réagi, elle se détendit un peu. Il semblait vouloir l'aider à mieux vivre cette débâcle.

— Que pensez-vous de ceci ? demanda-t-elle, mettant ses bras en croix sur sa poitrine. Je ferai ce signe chaque fois que je me surprendrai à parler du sujet que je ne souhaite pas aborder et que je ne voudrai pas que vous continuiez de m'en parler.

— Vous ne voudriez pas plutôt prendre une bonne cuite et pleurer, comme n'importe qui le ferait le jour d'une rupture ?

Elle ne put s'empêcher de rire.

— C'est déjà fait. Pleurer, je veux dire. Etonnamment, la vodka ne m'a même pas fait tourner la tête.

— Remédions à ça sur-le-champ !

Sur ces mots, il ôta son pantalon.

Melanie le regarda, bouche bée. Il se tenait nonchalamment devant elle en caleçon moulant, et fouillait dans son sac.

Elle sentit l'eau lui monter à la bouche. Ses fesses étaient d'une fermeté alléchante.

— Qu'est-ce que vous cherchez ? demanda-t-elle, extrêmement troublée.

Elle avait du mal à se concentrer, mais ce devait être dû à la faim, non à sa proximité avec un homme d'un mètre quatre-vingts, tout en muscles et en sous-vêtement, qu'elle n'avait pas le droit de toucher.

Pourtant, sous bien des aspects, Hunter paraissait agréable à toucher, et bien plus…

— Allons vous nourrir, répondit-il, en riant.

Melanie sentit ses joues s'embraser. Elle le dévorait

littéralement des yeux, ce qui était totalement déplacé à tous les niveaux.

— Oui, merci. Vous devriez mettre un pantalon.

Dès l'instant où elle prononça ces paroles, elle le regretta. Elle n'aurait pas dû faire allusion au fait qu'il était en caleçon. Il fallait qu'elle canalise Melly Ambrosia en ignorant purement et simplement la quasi-nudité de Hunter. Il finirait par croire sinon qu'elle était névrosée et terriblement coincée.

Ce qui était la vérité, mais elle ne voyait pas pourquoi il devrait en savoir plus sur elle qu'il n'en savait déjà.

— J'y vais de ce pas !

Il déplia un bermuda qu'il avait savamment roulé dans son sac. Une distraction bienvenue.

— Votre façon de plier les vêtements est impressionnante, dit-elle.

— C'est un talent de militaire, répondit-il, enfilant le bermuda.

Ce faisant, il se pencha en avant, offrant à Melanie une vue encore plus imprenable sur tout ce qu'il avait à offrir. Elle détourna les yeux, culpabilisant de regarder son garde du corps comme s'il était un objet sexuel. Puis, incapable de s'en empêcher, elle l'observa de nouveau.

Elle se sentait incorrigible, mais, à sa décharge, elle n'avait jamais été confrontée à un homme aussi sexy auparavant.

— Je suis capable de nouer une queue de cerise avec la langue, déclara-t-elle. C'est mon seul talent.

— Votre seul talent ? Vraiment ?

Son regard s'assombrit.

— Permettez-moi en douter !

L'air se mit soudain à crépiter autour d'eux. Heureusement

qu'elle était une femme sensée ! Sinon, elle aurait pu croire que Hunter était attiré par elle.

— Vous avez raison. J'ai un ou deux talents de plus. Je peux par exemple avaler une banane en une seule bouchée.

Hunter, occupé à remonter la fermeture Eclair de son bermuda, suspendit son geste.

— Vous plaisantez ?

— Non.

Elle se rendit soudain compte avec effroi que non seulement ses propos étaient provocateurs, mais de très mauvais goût. Elle ne l'avait pas fait exprès. Elle était vraiment capable d'avaler une banane en une seule bouchée, mais ce qui était drôle à huit ans l'était beaucoup moins à vingt-huit.

— Je sais, mes paroles peuvent avoir une connotation sexuelle, mais je ne voulais pas faire de réflexion scabreuse. Seigneur, j'ai besoin d'un peu de carburant !

— Au diable le carburant. Je vais vous chercher une banane, plaisanta Hunter. Bon sang, je ne sais pas si je vais pouvoir supporter ce spectacle !

— Trop horrible pour vous ? demanda-t-elle, mettant la clé de leur chambre dans la poche de son jean.

— Non, trop excitant.

Il lui emboîta le pas.

— Vous avez oublié que nous allons partager le même lit, ce soir ?

Non, et elle ne risquait pas de l'oublier ! Cela dit, c'était un lit king size. Si spacieux qu'ils auraient pu mettre un dauphin entre eux. Mais ça n'en restait pas moins un seul lit. Dire qu'ils allaient se retrouver sous les draps, ensemble ! Elle, son beau militaire, et les deux mille parties de son corps.

— Je suis désolée, dit-elle. Je devrais peut-être dormir par terre…

Pourquoi venait-elle de dire cela ?

— Quel genre de goujat croyez-vous que je serais, si je vous laissais dormir sur un sol carrelé pendant que j'occupe seul un lit king size ?

L'air renfrogné, il ouvrit la porte du hall tellement fort qu'elle en heurta le mur.

— Je ne voulais pas insinuer que vous étiez un goujat. Je suis juste gênée de vous avoir parlé de mon talent buccal.

Elle aurait pu mieux choisir ses mots. Aussitôt, elle rougit. Elle avait besoin de protéines. Et d'un bon carburant. Et de sucre aussi. Tout ce qu'elle pourrait mettre dans sa bouche pour éviter de parler.

— Oh ! Mon Dieu, grogna Hunter. Vous savez que je dois faire de gros efforts pour rester professionnel ?

— Je vous ai vu en sous-vêtement ! protesta Melanie. Vous trouvez ça professionnel ?

Elle n'était jamais allée à Bainbridge Studios en petite culotte et en soutien-gorge. D'accord, elle avait couché avec le patron… Elle n'avait rien à dire.

Ils traversèrent le hall pour se rendre dans la grande salle du restaurant de l'hôtel qui servait des repas toute la journée.

— Vous avez raison, convint Hunter. Je vais cesser de me changer devant vous.

— Non ! Enfin, je veux dire… Il m'importe que vous vous sentiez à l'aise.

Ils se regardèrent l'un l'autre et éclatèrent de rire.

— La situation est tellement bizarre ! dit-elle, s'esclaffant de plus belle.

— Toute cette journée a été très étrange, c'est vrai, acquiesça Hunter.

Il s'était réveillé en se réjouissant de laisser l'air froid de l'hiver derrière lui, mais rien de plus. Puis il avait rencontré Melanie, la personne la plus tendue et la plus sensuelle qu'il ait jamais vue. Elle ne semblait pas avoir conscience de son charme ni du fait qu'elle l'excitait terriblement. Il n'avait pourtant pas l'impression de très bien le cacher, même si elle paraissait totalement aveugle au désir qu'il avait de la pousser contre le mur le plus proche pour l'embrasser à en perdre haleine. Mais pour l'heure, il lui fallait vivre avec sa frustration. Il aviserait plus tard.

Une fois au restaurant, il se servit une grande assiette avant de s'apercevoir qu'il était incapable de porter son plat et sa boisson en même temps. A force de manier les bagages, son bras lui faisait mal. Le médecin lui avait dit que la douleur pouvait durer six mois et il ne s'était pas trompé. Sa blessure remontait à trois mois, mais elle le faisait encore souffrir, lorsqu'il s'y attendait le moins.

Melanie s'assit à la table que le maître d'hôtel leur avait désignée. Hunter posa son assiette et lui demanda si elle désirait boire.

— Vous avez peut-être envie d'un cocktail fruité ?

— Je ne crois pas qu'ils en servent ici, mais je vais me renseigner au bar.

— Non, ne vous dérangez pas. Je vais demander au serveur de nous apporter un soda. Un Coca-Cola, ça vous va ?

— Oui, merci.

Il alla s'asseoir près d'elle et se servit un grand verre d'eau glacée.

— Vous êtes déjà venue ici ? demanda-t-il.

— Non, je ne suis jamais venue à Cancún, ni même au Mexique.

Elle balaya la salle du regard.

— Jusqu'à présent, j'aime bien la formule « tout inclus ». C'est formidable de ne pas avoir à payer l'addition. J'ai grandi dans une famille appartenant à la classe moyenne, mais nous n'avons jamais passé des vacances comme celles-ci.

— Moi non plus. J'étais tout seul avec ma mère, et nous ne pouvions pas nous permettre de telles dépenses. Mon père est mort au combat.

Les traits de Melanie se teintèrent de compassion.

— Je suis désolée.

— Merci.

Mais il n'ajouta rien et surtout pas « tout s'est bien passé », parce que ça n'avait pas été le cas. Ni pour sa mère ni pour lui. Il avait cependant fait du mieux qu'il avait pu pour surmonter cette épreuve, alors qu'il n'était qu'un enfant.

— J'avais six ans quand mon père est mort, et je suis devenu l'homme de la maison. Ma mère travaillait très dur comme serveuse et nous nous en sommes sortis.

— Je ne suis pas surprise qu'en grandissant, vous ayez eu envie de protéger les autres. Vous aviez commencé avec votre mère.

Il l'étudia attentivement tandis qu'elle mangeait son burrito avec sa fourchette et réfléchit à ce qu'elle venait de lui dire.

— C'est vrai jusqu'à un certain point. Mais ne m'attribuez pas trop de mérite. A mes heures perdues, j'ai aussi rendu ma mère folle. Et vous ? Je ne vous vois pas du tout comme une enfant difficile.

— Pourquoi me prenez-vous pour une gentille fille ? demanda-t-elle d'un air exaspéré.

Parce qu'elle renvoyait l'image d'une femme droite et honnête, songea-t-il, et qu'il ne l'imaginait pas faisant des bêtises.

Il ne put réprimer un sourire.

— C'est juste une impression, non une critique. Il n'y a pas de quoi se vanter d'avoir été un sale gosse.

— Je ne suis pas quelqu'un d'ennuyeux, s'entêta-t-elle.

En effet. Il la trouvait même excitante, intéressante et sexy en diable. Et aussi très sympathique. Sa façon de gérer le coup bas que lui avait fait son ex était également révélatrice. Elle avait manifesté des émotions normales, sans s'emporter, crier ou pleurer outre mesure. Elle avait de la classe. Sa mère à lui était une femme étonnante, une battante, mais elle était également exubérante et provocante. Lorsqu'elle avait découvert que son petit ami la trompait, elle avait lancé une brique sur sa voiture. A l'époque, il était au collège, et il avait porté le chapeau à sa place. Melanie ne semblait pas du tout être ce genre de femme.

— Je vous trouve fascinante, dit-il en toute honnêteté. Je me demande pourquoi vous n'êtes pas en train d'inonder Bainbridge de SMS rageurs.

— Comment savez-vous que je ne l'ai pas fait ?

— Vous n'avez pas touché à votre téléphone. Je suis entraîné à observer, vous savez.

— Vous ne vous laissez jamais distraire ?

Elle se saisit du soda que le serveur leur avait apporté et prit délicatement la paille du bout de la langue.

Il la regarda faire glisser langoureusement sa langue sur le plastique, comme elle aurait pu le faire sur son sexe en d'autres circonstances.

— Vous changez de sujet, dit-il. Et vous pouvez lécher cette paille autant que vous le voudrez, nouer une queue de cerise et avaler une banane entière d'un coup, je continuerai à vous questionner à propos de Ian. J'ai besoin de m'assurer que vous allez bien.

Elle reposa sa boisson en faisant la grimace. Puis elle mit ses bras en croix sur sa poitrine.

— Non, ça fait partie de nos accords.

Elle marquait un point : c'était lui qui lui avait demandé de fixer des règles.

— Vous êtes maligne, dit-il.

— Non, je suis une gentille fille.

Il prit une bouchée de son repas, la mâcha, et la fit passer avec de l'eau. Il aurait aimé une bière, mais tant qu'il était en service, il préférait s'abstenir.

— En effet, je pense que vous êtes une gentille fille. Mais il y a quand même un peu de Melly en vous.

— Je ne sais pas. Mais si c'est le cas, elle ne parvient jamais à se manifester.

— Ces vacances seraient une bonne occasion.

Sa réponse était peut-être trop orientée. Ou peut-être était-il masochiste. Car si la Melanie réservée lui faisait un effet pareil, il n'imaginait pas à quel point elle pourrait s'avérer dangereuse dans la peau d'une actrice porno décomplexée.

En revanche, il était plus que certain de vouloir essayer.

Melanie saisit de nouveau la paille, et, sans un mot, la fit disparaître entièrement dans sa bouche.

Bonté divine ! Elle avait des talents qu'il aimerait expérimenter. Et plusieurs fois. Il la contempla d'un air surpris. Elle avait les cheveux en bataille et les joues roses. La base de son cou était elle aussi rosée, mais il ignorait s'il devait mettre cela sur le compte de la chaleur ou de l'excitation. En revanche, il savait qu'elle était merveilleuse, et qu'il aurait aimé l'avoir nue et haletante sous lui. Quelque chose dans son regard l'interpella...

— Ce n'est pas Melly, c'est bien vous, Melanie. Et vous êtes absolument superbe!

Chapitre 5

Melanie n'en revenait pas d'avoir avalé cette paille devant Hunter. Que lui arrivait-il ? Ce geste était loin d'être correct, mais qu'est-ce que le fait d'être correcte lui avait-il apporté, jusqu'à ce jour ?

Se retrouver en vacances avec un parfait inconnu, voilà ce qu'elle y avait gagné !

— Merci, dit-elle, après avoir sorti la paille de sa bouche.

Sa première réaction avait été de protester et de mettre en avant ses défauts. Mais les traits de Hunter reflétaient une certaine franchise et elle avait décidé d'accepter le compliment sans mettre en doute sa sincérité.

— Parfois, il m'arrive de me surprendre moi-même, dit-elle.

Les bienfaits de la nourriture commençaient à se faire sentir ; elle redevenait humaine.

— Maintenant, déclara Hunter, en se penchant vers elle au-dessus de la table, je sais qu'il suffit que je vous traite de gentille fille pour que vous me montriez votre face cachée.

Il flirtait avec elle, son ton ne laissait aucun doute. Il se pencha encore.

— Je ne pense pas qu'il soit aussi facile de me manipuler.

— Je n'ai jamais dit ça. Mais vous êtes en vacances. Vous devriez vous détendre un peu. Ou beaucoup, selon votre humeur.

— Je me sens déjà beaucoup mieux, dit-elle. Vous avez terminé ? Nous pouvons aller à la piscine ?

Voir Hunter en maillot de bain après l'avoir vu en caleçon moulant serait sans doute un peu décevant, mais elle se réjouissait quand même à l'idée de s'étendre sur un transat et de profiter du spectacle.

— Bien sûr.

Il attendit qu'elle se lève, puis l'invita à passer devant lui.

Il se montrait courtois et galant, ce qui fit prendre conscience à Melanie qu'elle avait oublié ce qu'était la galanterie. Elle appréciait ces gestes simples de sa part, comme lorsqu'il lui tenait la porte. Elle éprouva une certaine tristesse en mesurant à quel point elle attendait peu des hommes. Que s'était-il passé ? Dans sa quête pour devenir une femme moderne et indépendante, avait-elle laissé les hommes négliger vis-à-vis d'elle la politesse la plus élémentaire ? Oui, indubitablement.

L'idée que Hunter se comportait de cette manière avec elle parce qu'il était à son service l'effleura, mais non, elle ne le pensait pas. Il le faisait naturellement, de manière spontanée et sincère.

Et elle lui était reconnaissante de la traiter ainsi. Il l'avait autorisée à se coucher ses genoux, l'avait fait rire. Il l'avait écoutée tempêter contre Ian. Il n'y était pas obligé. C'était assez terrible de se dire que dans sa quête de partenaires créatifs, artistes et donc excitants, elle était certainement passée à côté d'un ou deux hommes comme Hunter. Virils, sexy, galants.

Il n'était peut-être pas trop tard pour retenir la leçon ?

Elle pouvait profiter de leur séjour à Cancún pour se lier d'amitié avec lui. Elle pourrait ainsi découvrir ce qu'on ressentait en passant du temps avec un homme comme lui. Cela l'aiderait peut-être à se détendre et à élargir ses perspectives en matière d'hommes, au lieu de rester cantonnée à un seul type de partenaire.

— Je n'imagine pas à quoi peut ressembler la vie en mission, dit-elle pour lancer la conversation.

L'interroger sur la majeure partie de sa vie d'adulte lui paraissait une bonne façon de le pousser à se livrer.

— Ça doit être vraiment dur, ajouta-t-elle.

Ils avançaient sur le chemin qui menait à leur chambre, et Melanie offrit son visage au soleil.

— Ce n'était qu'un travail, répondit-il, haussant les épaules. Je l'ai fait, puis je suis rentré chez moi.

Très révélateur, comme réponse…

— Merci de vous confier à moi !

— Que suis-je censé vous dire ?

— Je ne sais pas… Vous pourriez me parler de vos ressentis. J'essaie juste de vous connaître un peu mieux.

— Je ne suis pas très doué pour parler de mes sentiments. Mon ex-petite amie en sait quelque chose.

— Mais vous n'êtes pas un homme insensible.

De cela, elle était sûre. Il avait déjà manifesté beaucoup de compassion à son égard.

— Non, en effet. Mais je préfère que nous parlions de vos sentiments plutôt que des miens.

— Je n'ai pas envie de parler de mes sentiments, protesta-t-elle.

— Alors, nous sommes quittes. Parlons plutôt de bananes, de cerises et de noms d'actrices porno.

Il lui prit soudain le bras et l'éloigna d'un lézard géant.

— C'est quoi, ça ? s'écria-t-elle, effrayée.

— Je ne sais pas, mais je doute que cet animal soit dangereux. En revanche, il vaut mieux ne pas l'écraser.

Elle fit un pas vers lui.

— Je pense que nous avons épuisé la conversation à propos des actrices de films porno, dit-elle. Parlons cinéma ou musique, voulez-vous ?

— Nous pourrions aussi aller nager et ne plus parler du tout.

Formidable !

— Dois-je comprendre que je vous ennuie ?

— Non, je pense juste que vous devriez arrêter de réfléchir et vous contenter d'agir.

— Je n'ai pas l'impression de ne pas être dans l'action. Et depuis quand parler revient à réfléchir ?

La main de Hunter, grande et chaude, reposait toujours au bas de son dos.

— Je ne pense pas qu'on puisse parler sans réfléchir.

— Techniquement, vous ne pouvez pas nager non plus sans réfléchir. En fait, vous ne pouvez rien faire sans réfléchir.

— Mais est-ce nécessaire de penser autant ?

Sentant la critique, elle leva les yeux vers lui.

— Qu'avez-vous à objecter au fait de penser ?

Il hésita avant de répondre.

— Est-ce si étrange que je veuille tout simplement que vous passiez du bon temps ? Que je trouve dommage que vous soyez ici toute seule ? Je veux que vous repartiez de Cancún avec de bons souvenirs, et non avec des regrets.

Sa réponse la toucha et la troubla. Il paraissait sincère,

mais elle comprit à quel point il était douloureux pour lui de s'exprimer.

— Merci. Je vois qu'il vous en a coûté de me dire tout ça. Et si nous faisions un marché ? Je vais tout faire pour m'amuser et vous, vous vous autoriserez occasionnellement à avoir des sentiments. Est-ce que ça vous convient ?

Les lèvres de Hunter s'étirèrent en un léger sourire.

— Devrai-je les exprimer à voix haute ?

— Seulement si vous le désirez. Mais vous pourrez aussi vous exprimer de façon non verbale, si vous préférez.

— Heureusement que vous ne savez pas quels sont mes sentiments en ce moment même : vous prendriez peur !

— Vous avez envie de me frapper ?

— Comment ? répondit-il, l'air choqué. Non, bien sûr que non !

— Dans ce cas, pourquoi devrais-je avoir peur ?

Elle espérait juste qu'ils pensaient à la même chose, une chose qui ressemblait à un baiser.

Il lui fit un petit sourire ravageur qui l'atteignit jusqu'au creux du ventre.

— Oui, j'imagine que vous n'auriez pas peur.

Ils s'arrêtèrent de marcher et il se tourna vers elle.

— Vous êtes une femme complexe, Melanie...

— Non, je ne crois pas. Je plais à tout le monde. Je suis pragmatique, organisée.

— Et pourtant, en secret, vous êtes aussi romantique.

Oui. Les occasions n'avaient pas été nombreuses, mais elle avait déjà repris en soupirant des chansons d'amour, seule dans son appartement.

— Si vous ne voulez pas parler de vos sentiments,

dit-elle, mettant les bras en croix, je ne vous parlerai pas des miens.

— Vous avez dit que je pouvais exprimer les miens de manière non verbale.

— Et vous m'avez répondu que ce que vous pensiez ne me regardait pas.

Il fit un pas vers elle. Elle ne bougea pas d'un pouce, même si elle se sentait nerveuse à l'idée de ce qu'il allait faire. Il passa son pouce sur sa lèvre inférieure, geste qui la fit frémir.

— Je pense que si vous ne courez aucun danger, il n'y a pas de raison pour que nous ne passions pas un peu de bon temps ensemble.

D'accord, il était peut-être attiré par elle. Cette impression n'avait fait que croître tout au long de la journée, mais à présent, elle était indéniable.

— De quelle manière ? demanda-t-elle dans un souffle, le poussant à dire tout haut ce qu'il pensait tout bas.

Les yeux de Hunter s'assombrirent de désir.

— D'une manière où nous n'aurions pas besoin de vêtements…

— Oh ! dit-elle, en s'étranglant.

Elle en avait envie, vraiment envie. Mais il fallait qu'elle réfléchisse. Elle n'était pas du style à se jeter au cou d'un homme sur un coup de tête. Si elle couchait avec lui et que l'expérience s'avérait désastreuse, il lui faudrait ensuite gérer au mieux les six jours à venir. Et elle n'était pas dans son meilleur jour. Elle avait besoin d'une bonne nuit de sommeil, et de peser les avantages et les inconvénients, avant de se présenter nue devant lui. Il n'était pas comme les autres partenaires qu'elle avait eus et franchement, elle se sentait assez peu sûre d'elle, étant donné le peu d'entrain de Ian à se glisser régulièrement avec elle sous les draps.

— Je ne pense pas que... Ian et moi venons tout juste de rompre... Enfin, il vient tout juste de me quitter. Je ne serai pas une partenaire très drôle au lit. Pas ce soir, en tout cas.

Il arborait toujours une expression impénétrable. Tandis qu'elle parlait, il ne manifesta pas la moindre réaction. Soudain, elle eut l'impression d'être la plus grande idiote de la terre. Elle avait devant elle un garde du corps sexy en diable qui venait de lui avouer qu'il avait envie d'elle, et elle ne trouvait rien de mieux à faire que de le repousser !

— Un peu plus tard dans la semaine, peut-être ? ajouta-t-elle, pour de ne pas se fermer des portes.

Hunter fixa longuement Melanie, sans savoir s'il avait bien entendu. Elle venait de refuser de coucher avec lui, tout en lui annonçant qu'il y avait peut-être une possibilité un peu plus tard dans la semaine ! Qui pouvait répondre une chose pareille ?

Bon, il avait une ébauche de réponse. Elle sortait tout juste d'une relation. Il était peut-être encore trop tôt pour coucher avec un autre homme sans se sentir très mal à l'aise. Mais elle aurait pu au moins le laisser l'embrasser ! Quant à sa misérable promesse, elle pouvait la garder. Il ne voulait pas qu'elle couche avec lui sous prétexte qu'elle ne savait pas comment lui dire non.

— Ne faites jamais ça, dit-il d'un ton plus sec qu'il ne l'aurait voulu. Dites oui ou non à un homme, mais jamais peut-être. Vous devez savoir ce que vous voulez.

Il la brusquait, mais en l'entendant parler, il avait

compris par quels mécanismes elle avait fini avec une lettre de rupture entre les mains. Elle avait raison de dire qu'elle aimait plaire aux autres. Et s'il ne pouvait pas coucher avec elle, il pouvait au moins l'aider à prendre conscience de sa propre valeur. Elle ne devait en aucun cas faire quelque chose parce qu'un homme le voulait.

— C'est non, alors.

— Très bien, dit-il, hochant la tête.

Il recula d'un pas pour mettre une certaine distance entre eux. Il n'aimait pas sa réponse, mais il était heureux qu'elle ait pu s'exprimer clairement.

— Allons nager, proposa-t-il.

Il aurait dû l'embrasser, il aurait dû l'amener à le désirer d'abord avant de lui annoncer qu'il la désirait. C'était une erreur tactique de sa part — un comble pour un militaire de carrière ! — et maintenant, il ne pouvait que se mordre les doigts d'avoir tout gâché.

Melanie avait passé une longue tunique blanche sous laquelle il devinait un bikini. Elle s'était fait une queue-de-cheval et portait des lunettes de soleil noires qui lui cachaient complètement les yeux. Depuis son refus, elle avait gardé le silence, ce qui agaçait Hunter prodigieusement. S'il avait appris une chose sur elle, c'était qu'elle aimait parler. A présent, elle était allongée sur une chaise longue près de la piscine et feuilletait un magazine. De son côté, il explorait le Net avec son téléphone, à la recherche des photographies de Bainbridge.

Il ne pouvait voir Melanie en maillot de bain, puisqu'elle était couverte de la tête aux pieds comme une nonne. Pour surmonter sa contrariété, sa frustration et assouvir sa curiosité, il s'était donc décidé à faire des recherches en ligne. Jusqu'à présent, il n'avait trouvé que quelques petits clichés d'une série de nus où il était impossible de distinguer les individus, même en les agrandissant.

Il s'était attendu à ce que Ian entre en contact avec lui pour savoir comment les choses s'étaient passées jusqu'à présent, mais ce dernier ne l'avait pas fait. Si bien qu'il commençait à croire la version de Melanie selon laquelle elle n'avait jamais couru le moindre danger. Ian l'avait embauché juste pour détourner l'attention de la jeune femme et l'obliger à monter dans l'avion. Cette façon de rompre était le comble de la cruauté ! Il souhaitait que ce type fasse faillite et qu'il contracte une maladie vénérienne. Melanie ne méritait pas d'être traitée de cette façon.

Pourtant, lui-même n'avait pas été très correct avec elle. Il s'était montré beaucoup trop direct. Alors qu'elle pleurait encore sa relation perdue, il lui proposait de coucher avec lui. Il fallait y aller en douceur. Mais à sa décharge, il avait passé la plus grande partie de sa vie entouré de garçons. Que savait-il de l'art de la séduction ?

Absolument rien.

Il repéra soudain une photographie plus prometteuse que les autres. La foule y était moins dense et les personnes plus dispersées. Elles entouraient un arbre. En agrandissant la photo, il reconnut aussitôt Melanie, et regretta dans la foulée sa démarche. Elle portait une petite culotte, des peintures corporelles, des lunettes de soleil, et rien d'autre. Son corps était exactement comme il l'avait imaginé, pulpeux, voluptueux, une taille très fine et des seins parfaits. Il en eut l'eau à la bouche. Un petit sourire espiègle étirait ses lèvres, comme si elle était consciente de sa vilaine farce. C'était un sourire que seuls deux amants pouvaient échanger, et il aurait aimé qu'il lui soit adressé.

Les peintures corporelles imitaient l'écorce des arbres, et leur couleur, un brun soutenu, évoqua aussitôt en lui une coulée de chocolat sur ses seins. Il s'imagina les léchant langoureusement l'un après l'autre. Mal à l'aise, il releva les genoux pour cacher son érection. Cela faisait si longtemps qu'il n'avait pas fait l'amour…

— Je vais nager, dit-il.

Il espérait que l'eau froide l'aiderait à remédier à son problème. Il pourrait toujours garder un œil sur Melanie depuis la piscine.

Elle leva les yeux de son magazine.

— Est-ce que l'eau est froide ? demanda-t-elle.

— Je n'en sais rien, je n'y suis pas encore allé.

— Vous me direz ce qu'il en est, dit-elle, faisant la moue.

Il faillit lui dire de plonger elle-même un pied dans l'eau, mais elle était capable de lui lancer son magazine à la tête. Elle était dans une humeur qu'il ne comprenait pas très bien. Etait-ce sa faute ou bien celle de Ian ? Il n'en avait pas la moindre idée. Il se contenta d'acquiescer.

— J'y vais de ce pas, dit-il d'un air enjoué, levant le pouce.

— Ne jouez pas à ça, Hunter.

— A quoi ?

Elle hésita un instant.

— Au gentil garçon. Vous êtes plutôt dangereux.

— Dans le bon ou le mauvais sens du terme ?

— Dans le bon sens du terme. Vous êtes sexy, pas effrayant.

Elle s'assit et posa son magazine.

— Je vais vous accompagner, déclara-t-elle.

Il y avait du progrès. Si elle le trouvait sexy, c'était déjà un pas dans la bonne direction. Elle ne voulait peut-être pas coucher avec lui, mais au moins, il allait pouvoir se rincer l'œil en toute liberté. Elle se leva, ôta sa tunique et révéla un corps parfait moulé dans un bikini rouge. Il en eut le souffle coupé.

Une fois au bord de la piscine, il s'assit sur la margelle et trempa les pieds dans l'eau. Elle n'était pas vraiment chaude, mais pas froide non plus. A la bonne température. Il en prit un peu dans la main et aspergea Melanie sans se tourner.

Elle poussa un cri aigu et haleta de surprise. Le sourire aux lèvres, il se tourna vers elle. Elle était occupée à chasser les gouttes d'eau qui lui couvraient la poitrine. Il avait visé juste.

— Comment est-elle ? demanda-t-il d'un air innocent.

— Elle est froide, espèce d'idiot !

— Mais non.

— Dans ce cas, qu'attendez-vous pour plonger ?

— Je vais le faire.

Elle vint prudemment s'asseoir à côté de lui, tandis qu'il s'aspergeait les bras et le torse. L'eau était rafraîchissante.

Puis, sans crier gare, elle tenta de le pousser, mais il avait anticipé son geste. Elle n'était de toute façon pas assez forte pour le faire basculer. Il retrouva rapidement l'équilibre et lui décocha un sourire provocant.

— C'est tout ce que vous pouvez faire ? Je m'attendais à mieux !

Elle fit la moue.

— Dommage... Je vous voyais déjà tomber la tête la première dans l'eau et moi en train de rire.

— Je veux bien plonger, si ça peut vous rendre heureuse.

— Non, répondit-elle, en riant. Ce n'est pas pareil.

— Vous en êtes sûre ?

Il fit semblant de tomber en poussant de grands cris. L'eau qu'elle avait reçue lui avait donné la chair de poule et la pointe de ses seins était dressée. Sa peau, fraîche et douce, frôla la sienne.

— Je vais tomber, au secours ! lança-t-il.

Elle leva les yeux au ciel en secouant la tête, puis elle posa la main sur son dos et le poussa. Il s'arc-bouta et se laissa tomber dans l'eau, savourant sa fraîcheur et le bonheur d'être submergé. Lorsqu'il remonta à la surface, il croisa le sourire de Melanie. Il replongea aussitôt et tira un coup sec sur son pied, pas assez fort pour lui faire mal, mais assez pour la surprendre.

Il refit surface entre ses cuisses, tout près de son nombril et du minuscule triangle de tissu rouge qui cachait ses parties les plus intimes. Parties qu'il rêvait d'explorer en détail.

Son rire mourut sur ses lèvres tandis qu'elle baissait sur lui des yeux pleins de reproche, les mains sur ses épaules.

— Ce n'est pas bien, dit-elle.

Mais elle ne le repoussa pas.

— Quoi donc ? J'ai froid et vos jambes me réchauffent.

— Vous êtes ridicule !

— Il faut que je reste près de vous pour vous protéger, répondit-il, en lui faisant un clin d'œil.

— Vous n'êtes qu'un outil, alors ?

Mais elle ne faisait toujours aucun geste.

Un passant tapota soudain l'épaule de Melanie. Il baissa les yeux vers elle, puis passa tour à tour de Hunter à elle.

— Je vous connais ? demanda-t-il, penchant la tête sur le côté.

— C'est une actrice de films porno célèbre, répliqua

Hunter, le regardant droit dans les yeux. Vous l'avez probablement vue sur internet.

Le visage de l'homme s'éclaira.

— Oui, ça doit être ça ! s'écria-t-il, en souriant. C'est formidable de vous rencontrer en personne ! J'adore votre travail, si vous voyez ce que je veux dire.

Il leur fit un petit signe de la main, avant de reprendre son chemin.

— Vous avez osé faire ça ? protesta Melanie, le contemplant d'un air incrédule.

Puis elle éclata de rire.

— Vous êtes célèbre. Inutile de cacher vos talents sous des airs de fausse modestie.

Il regarda fixement son nombril et les gouttes d'eau qui glissaient sur sa peau. Il rêvait de la lécher, de la goûter. De passer sa langue sur son nombril et aussitôt après, de mordre le bas de son bikini.

— Pourquoi êtes-vous aussi belle ? murmura-t-il. Vous ne me facilitez pas les choses.

Il leva les yeux vers elle pour découvrir qu'elle le fixait, yeux écarquillés et bouche entrouverte. Il eut alors l'impression qu'elle désirait la même chose que lui. Qu'il lui ôte son maillot et qu'il se serve de sa langue pour la faire jouir très fort. Elle lui enserra les côtes de ses cuisses et enfonça les doigts dans ses épaules.

— Je n'essaie pas de vous compliquer la vie. J'essaie de ne pas commettre d'erreurs.

— Je respecte votre point de vue, mais je n'en suis pas moins excité pour autant. En revanche, je ne vous bousculerai pas.

Très doucement, il la souleva pour la faire glisser dans l'eau et la posa contre sa hanche, même si ce geste lui arracha une grimace de douleur. Elle protesta en poussant de petits cris, mais ne résista pas. Telle une délicieuse torture, il savoura le contact de son corps contre le sien, celui de ses fesses un bref instant nichées sur ses cuisses et son sexe, puis celui de ses seins pressés contre son torse, lorsqu'il s'enfonça avec elle sous l'eau.

Chapitre 6

Melanie remonta à la surface, les cheveux collés sur le visage et de l'eau dans le nez. Elle souffla et haleta, aveuglée par l'eau. Folle de rage, elle s'essuya les yeux, prête à se jeter sur Hunter. Mais le chlore la brûlait encore.

— C'est pas sympa ! s'écria-t-elle.

Et pourtant, il était si sexy, son corps était si ferme ! Elle avait senti son érection et, aussitôt, avait fondu de plaisir. Son sang s'était mis à bouillonner dans ses veines, même si la moitié de son corps était plongée dans l'eau.

Mais elle n'avait plus chaud. Elle était submergée.

Nageant sur place, elle finit par ouvrir les yeux et fusilla Hunter du regard.

— Pourquoi avez-vous fait ça ?

— Pour nous distraire.

Il flottait sur l'eau, arborant un air délicieusement nonchalant.

— Et pour que nous ne fassions rien que vous pourriez regretter, ajouta-t-il.

— Et vous ? Vous êtes certain que vous ne le regretteriez pas ?

Bon sang, pourquoi lui avait-elle dit cela ? Rejetant

la tête en arrière afin de dégager les cheveux de son visage, elle se laissa flotter sur le dos quelques secondes. Lorsqu'elle se redressa, elle s'aperçut qu'il fixait sa poitrine.

— Non, je suis absolument certain de ne rien regretter.

Elle se sentit rougir.

La regardant droit dans les yeux, Hunter ajouta :

— Mais encore une fois, ma vie est devant moi, et non derrière. Si je ne fais de mal à personne, pourquoi aurais-je des regrets ?

— Pourquoi est-ce que votre petite amie a voulu rompre ? demanda-t-elle soudain.

Il lui avait avoué qu'il avait du mal à exprimer ses émotions, mais qu'avait-il voulu dire exactement ? Etait-ce la seule raison de cette rupture ?

Il plaça les bras en croix sur sa poitrine.

— Je n'ai pas envie d'en parler.

Elle fut contrariée qu'il utilise son signal contre elle.

— Pourquoi ? Vous avez quelque chose à cacher ?

Il secoua la tête.

— Non, et je ne céderai pas à ces manipulations féminines. Je n'ai rien à cacher. Je ne vois tout simplement pas pourquoi nous devrions parler de mon ex, alors que le seul sujet qui m'intéresse, c'est vous.

Sa réponse parut à Melanie tout aussi orientée que sa propre question.

— Nous pourrions peut-être parler du temps. Il fait très beau, aujourd'hui, dit-elle.

— En effet.

Il nagea en cercle autour d'elle, comme s'il avait du mal à rester tranquille.

— Vous aimez votre travail ? demanda-t-il.

Elle fit la moue. Parler de son travail revenait à songer à Ian, inévitablement.

— Je suis désolé, dit Hunter. Ce n'est sans doute pas un sujet à aborder maintenant.

Mais, secouant la tête, elle le rassura.

— Non, il faut que j'y réfléchisse, de toute façon. Je vais devoir gérer ça à mon retour. Bien des personnes m'ont mise en garde et dit qu'il ne fallait pas que j'aie une relation avec mon patron. Il se trouve qu'ils avaient raison. En fait, je ne suis pas prête à reprendre mon travail.

— Vous n'avez pas besoin de le faire pendant une semaine, déjà.

— Le bon côté des choses, c'est que personne n'était au courant.

— Ah, oui, ce secret… Une véritable mascarade !

— Il ne voulait pas compromettre son travail, se défendit-elle.

Mais l'excuse lui parut soudain bancale.

— En plus, il ne voulait pas provoquer sa harceleuse.

— Je ne comprends pas, Melanie… Il voulait vous protéger alors qu'il était presque impossible d'empêcher une harceleuse de fouiller dans votre vie, et au final, il n'a fait que vous insulter.

Elle ne trouva rien à répondre. Elle se sentait stupide. Purement et simplement stupide.

Voyant qu'elle ne répondait pas, Hunter poussa un juron.

— Je suis désolé, dit-il une fois encore. Je fais preuve d'une grande insensibilité. Mais votre histoire me révolte, Melly, c'est tout.

— Je sais.

Elle le connaissait déjà assez pour être convaincue qu'il n'aurait jamais caché une relation. Il aurait vu cela comme quelque chose de malhonnête, un manque de respect pour la personne.

— Et je ne m'appelle pas Melly !

Melly était une femme beaucoup plus drôle qu'elle.

— Pour moi, vous êtes Melly.

— Une actrice de films porno ?

Elle ignorait ce qui pouvait le pousser à le croire, d'autant qu'elle avait refusé ses avances.

— Non, vous êtes sexy, mais douce. Vous pouvez passer du bon temps avec une personne tout en restant fidèle. Cette Melly, c'est vous.

D'une certaine façon, c'était exactement les paroles qu'elle avait envie d'entendre.

— Merci, Hunter.

Mais sa tristesse ne la quittait pas.

— Je suis désolée, ajouta-t-elle.

— Allez-vous enfin cesser de vous excuser pour des choses qui ne sont pas de votre fait ? Parce que si ce n'est pas le cas, je m'en vais tout de suite dans le jacuzzi !

— Mais…

— Mais rien.

Il avait raison : elle n'avait pas à se sentir désolée. Elle avait fait un mauvais choix en sortant avec Ian, et alors ? Ce n'était pas la fin du monde ! Ce n'était pas comme avoir un cancer, ou comme une guerre. Elle n'avait pas forcément perdu son temps, car elle avait appris des choses. Et elle n'avait certainement pas besoin de se lamenter et d'en faire pâtir ceux qui ne le méritaient pas !

Elle lui sourit.

— Vous avez raison. Je suis au Mexique et chez nous, il y a un mètre de neige. Il n'y a vraiment pas de quoi se plaindre.

— C'est clair, répondit-il.

Il désigna le bar donnant directement sur la piscine.

— Vous voulez vous joindre à moi pour boire un verre ? C'est moi qui vous invite.

Elle rit.

— Tout est compris dans notre formule, lui rappela-t-elle.

— Ça veut dire que je ne pourrai même pas me montrer grand et généreux ?

Il avait le don pour lui répondre le visage fermé, l'air parfaitement sérieux. Si elle ne le connaissait pas mieux, elle aurait pu se demander s'il plaisantait ou non. Mais elle n'était pas dupe. Certaines circonstances un peu extrêmes faisaient que l'on cernait mieux le caractère des gens. Hunter était peut-être grand, impétueux et capable de montrer les dents, mais il avait le cœur tendre.

— Vous n'avez été que grand et généreux avec moi, répondit-elle, nageant à côté de lui vers le bar. Le plus étrange, c'est que j'ai l'impression d'être une sirène.

Elle se hissa sur un tabouret en béton partiellement immergé. La moitié de son corps resta dans l'eau, tandis qu'elle se penchait au-dessus du comptoir.

— Ça doit être bizarre de travailler ici comme barman, dit-elle.

— Probablement. Est-ce que ça vous dérange, si je commande une bière ?

— Pourquoi ça devrait me gêner ?

— Parce que je suis votre garde du corps.

— C'est sans importance. Prenez une bière si ça vous fait plaisir.

Il vint s'asseoir à côté d'elle et ils sirotèrent paisiblement leur boisson, sans échanger un mot. Melanie ne se sentait pas toujours à l'aise lorsque le silence s'installait entre ses interlocuteurs et elle, mais dans le cas présent, c'était différent. C'était un moment de détente sous le soleil, idéal pour savourer un cocktail aux fruits décoré d'un petit parasol en papier.

Lorsqu'elle bâilla en déclarant qu'elle ferait bien une sieste, Hunter l'accompagna aussitôt vers leurs transats. Melanie s'allongea sur le ventre, la tête posée sur ses bras croisés. Elle ferma les yeux, apaisée, détendue.

Soudain, elle sentit la main de Hunter sur son dos.

— Qu'est-ce que vous faites ? demanda-t-elle d'une voix endormie.

— Vous commencez à brûler. Je vous mets de la crème solaire.

Elle jeta un coup d'œil légèrement suspicieux par-dessus son épaule, essayant de savoir s'il avait des intentions cachées, mais il était juste occupé à étaler de la crème sur ses mains. Puis il la lui appliqua consciencieusement. Même avec ses lunettes de soleil, elle pouvait voir qu'elle était déjà bien rouge.

— Merci, dit-elle.

Ce massage lui apporta un immense bien-être. Hunter commença par les épaules avant de descendre jusque sous l'élastique de son haut de maillot de bain. Elle laissa échapper un gémissement involontaire de pur bonheur.

— Ça fait du bien..., soupira-t-elle.

— Vous êtes très tendue...

Il était à genoux à côté d'elle, et elle sentait son corps frôler de temps en temps le sien. Il s'exprimait d'une voix grave et apaisante.

Pourquoi tous les hommes n'avaient-ils pas une voix comme la sienne ? Lorsqu'il parlait, elle se sentait en sécurité, protégée. Certaine qu'il réduirait en morceaux toute personne la menaçant, tout en étant capable de la toucher avec délicatesse et tendresse. Non, il n'était pas tendre, prévenant plutôt. Ou bien n'était-ce qu'une façade pour l'exciter et vaincre ses défenses ? Dans ce cas, sa technique fonctionnait à merveille. Elle se sentait parfaitement détendue, et si sa main se glissait sous son maillot pour la caresser doucement, eh bien, elle ne protesterait pas très fort...

Allons... Ils étaient en public... Elle devait se ressaisir et vite ! D'autant qu'elle lui avait dit qu'elle ne voulait pas coucher avec lui. De quoi aurait-elle l'air, si elle changeait d'avis trois heures plus tard ? Trois jours lui semblaient un délai beaucoup plus raisonnable. D'ici là, elle se sentirait un peu plus sûre d'elle.

Une femme, assise à quelques pas d'elle, sur sa droite, lui sourit d'un air envieux.

— J'aimerais que mon mari me masse de cette façon, dit-elle. Vous avez beaucoup de chance.

— Vraiment ?

Melanie ne trouva rien de mieux à lui répondre.

— Tu as vu, Frank ?

La femme se tourna vers l'homme poilu et ventru allongé à côté d'elle.

— Son mari est en train de lui masser le dos.

L'homme leur jeta un coup d'œil distrait.

— C'est parce que sa femme est sexy, répondit-il.

Il reçut un coup de livre en récompense, mais il l'avait bien mérité ! Melanie rit d'un air gêné.

La femme de Frank n'avait plus vingt-cinq ans, mais une soixante d'années, et si elle ne rentrait pas dans un 36, elle était encore séduisante, avec une silhouette agréable et une jolie coupe de cheveux courte.

— Si vous voulez mon avis, dit Hunter à la femme, tandis que son époux se levait péniblement et se dirigeait ensuite d'un pas traînant vers la piscine, je pense que Frank a gagné au change.

— Merci, c'est très gentil de votre part, dit-elle, en souriant.

Puis elle désigna Melanie.

— Veillez bien sur elle.

— Je n'ai pas l'intention de m'éloigner, répondit Hunter sur un ton léger.

Ce qui rappela à Melanie la raison pour laquelle elle était là avec lui. Dire qu'elle avait imaginé un voyage romantique ! Soudain, elle se sentit très seule. Hunter était de bien meilleure compagnie qu'elle ne l'avait tout d'abord imaginé et grâce à sa présence, ces vacances ne seraient pas un complet désastre, mais il n'était pas *avec* elle. Ils ne formaient pas un couple. Elle rêvait d'être avec un homme comme lui, protecteur et attentionné. Mais tout ce qu'elle avait, c'était une lettre de rupture et un garde du corps qui voulait coucher avec elle. Rien de plus.

C'était triste, vraiment triste.

En revanche, Hunter avait des mains magiques et, entre ses massages et la chaleur du soleil, elle parvint à s'assoupir malgré son brutal accès de mélancolie.

Elle rêva alors que Hunter lui faisait l'amour, pendant que Ian prenait des photos, un peu en retrait. Même dans son sommeil, ce détail refroidit ses ardeurs. Les deux hommes ne faisaient pas partie du même rêve. Ian appartenait à son ancienne et terne réalité, alors que Hunter était l'homme sur lequel elle fantasmait.

Il se demanda s'il devait laisser Melanie dormir plus longtemps. Elle avait sans doute besoin de se reposer, mais cela faisait déjà cinquante-cinq minutes qu'elle était immobile sous le soleil. Malgré la crème solaire, elle cuisait lentement, et sa peau avait pris la couleur d'une pastèque. Elle n'était pas encore rouge comme un homard, mais elle allait bientôt le devenir s'il ne la réveillait pas très vite.

Il se pencha alors vers elle et lui effleura l'épaule.

— Melly, mon ange, réveillez-vous…

Il ne savait pas à quel moment il avait commencé à l'appeler par son petit nom ni depuis quand il avait gagné le droit de s'adresser à elle avec des mots doux, mais il aimait le faire. Les relations avec les femmes lui manquaient peut-être plus qu'il ne le croyait, et pas seulement pour la bagatelle.

Lentement, elle ouvrit les yeux, l'air désorienté.

— Hm ?

Seigneur, qu'elle était belle et sexy avec son air endormi ! Un aiguillon de désir lui traversa les reins.

— Vous êtes en train de cuire comme un œuf. Nous devrions rentrer, dit-il.

— Oh !

Elle leva la tête et essaya de se regarder le dos. Le mouvement la fit loucher.

— Quelle heure est-il ? demanda-t-elle.

— 17 heures. Je pense que le soleil ne va pas tarder à se coucher. J'oublie que nous sommes en hiver malgré ce beau temps.

— Il y a des moustiques, ici ?

Hunter ne comprit pas bien la raison de cette question.

— Il y a des moustiques partout.

— J'avais oublié que le jour tombait aussi tôt. Je n'ai pas pris de spray anti-moustiques.

Elle s'assit en bâillant.

— Je me demande s'ils en vendent, dans la boutique de souvenirs.

— Attendons un peu et voyons si les moustiques arrivent.

Même s'il n'aimait pas sa façon de s'inquiéter constamment, il appréciait son côté organisé. A l'armée, il avait été entraîné pour se tenir toujours prêt et il aimait reconnaître en elle ce même trait de caractère.

— Vous voulez aller dîner ?

— Nous pourrions peut-être demander à être servis dans la chambre ? Je suis très fatiguée, malgré cette petite sieste, et j'aimerais me coucher de bonne heure, ce soir.

— Bien sûr, pas de problème, répondit-il, rechignant cependant à se terrer dans leur chambre.

Il n'y avait pas de table, ce qui signifiait qu'ils allaient devoir dîner sur le lit. Mais ce qu'il voulait ne figurait pas au menu.

Il s'efforça de masquer sa déception en la voyant enfiler sa longue tunique. Il ne comprenait pas pourquoi les femmes portaient ce genre de vêtements. Ils étaient dans un hôtel. Personne ne la renverrait du magasin de souvenirs si elle était en bikini.

De retour dans leur chambre, elle se plongea pendant une éternité dans le menu du room service, tout en se perdant en considérations inutiles.

— Je me demande si le risotto est bon… Pensez-vous que je puisse demander les champignons à part ou bien sont-ils déjà mélangés au riz ? Il y a aussi une soupe du jour. Le menu ne précise pas si elle est uniquement à base de légumes.

— Pourquoi ne les appelez-vous pas pour le leur demander ? proposa-t-il, à bout de patience.

— Oh ! Je n'ai pas envie de les déranger.

Hunter tendit la main vers le menu pour empêcher Melanie de passer une seconde de plus à le lire.

— Laissez-moi regarder.

Il y jeta un coup d'œil distrait avant de lancer :

— Je prendrai un steak.

— Mais vous avez à peine regardé !

— J'ai vu ce que je voulais voir.

Une belle tranche de bœuf, voilà ce qu'il lui fallait.

— S'il vous plaît, choisissez, ajouta-t-il, j'ai faim.

Elle reprit le menu.

— Si je prends une salade, j'ai peur que les feuilles ne soient flétries.

Bon sang ! Dans la vie, il fallait faire des choix beaucoup plus compliqués que de commander une salade !

— Dans ce cas, n'en prenez pas.

Elle était allongée sur le lit en bikini. Elle avait ôté sa tunique dans l'intention de prendre une douche avant de commander le repas.

— Vous êtes toujours de mauvaise humeur quand vous avez faim ? demanda-t-elle. Désolée, je vais me dépêcher.

Avoir faim ne l'aidait pas beaucoup, mais son estomac n'était pas son principal souci.

— Très bien, alors prenez le téléphone et commandez quelque chose.

— D'accord, souffla-t-elle.

Elle le regarda comme s'il venait de la gronder et saisit le combiné.

Pendant ce temps, il sortit sur la terrasse et s'installa dans le hamac. Il n'avait pas vraiment envie de se trouver là, mais il fallait qu'il s'éloigne de Melanie et de ses courbes voluptueuses. Il rêvait d'embrasser ses petites fesses, puis de la renverser sur le dos et de lui faire oublier son risotto.

Les dauphins faisaient beaucoup de bruit avec leurs

sifflements et leurs sauts dans l'eau. Il ignorait s'ils se livraient à des ébats amoureux ou bien s'il assistait à une scène de ménage. A moins que ce ne soient deux mâles essayant de s'impressionner mutuellement. Quelle que soit la situation, elle ne lui permettait pas de se détendre, ni de lui faire oublier son ventre vide et sa frustration.

Il quitta alors le hamac pour revenir dans la chambre. Faisant coulisser la porte-fenêtre, il la verrouilla et ferma les volets.

— Que faites-vous ? demanda Melanie, surprise.

Elle était occupée à fouiller dans sa valise.

— Je veux juste m'assurer que vous êtes en sécurité ici. Je vais faire un footing.

— Maintenant ?

Sa surprise lui arracha un sourire.

— Y a-t-il un meilleur moment ?

Il avait besoin d'évacuer son trop-plein d'énergie. Il se dirigea vers son sac et en sortit une paire de chaussures de sport, un short et un T-shirt.

— Vous avez dit que vous aviez faim, protesta-t-elle. Et j'ai commandé à manger. Votre repas sera froid quand vous reviendrez.

— Peu importe. Je ne serai pas long.

Une petite course de trente minutes lui ferait du bien. Il avait besoin de courir pour se débarrasser de cette frustration. Il savait très bien le faire.

Mais Melanie paraissait vexée.

— Je peux les rappeler et leur demander d'attendre.

— Non, ce ne sera pas nécessaire. Je serai certainement de retour avant l'arrivée du plateau. Il faut juste que je me change.

Il s'avança vers la salle de bains, mais elle continua de lui parler.

— Les steaks durcissent quand ils refroidissent.

Comment une femme aussi jolie pouvait-elle être aussi têtue ?

— Si vous me laissez me changer, je serai de retour à temps, dit-il.

— Je ne comprends pas. Pourquoi partir maintenant ?

Elle était en train de le pousser à bout.

— Melly, vous voir vous rouler sur le lit en bikini, c'est plus que je ne peux en supporter. Je vais courir pour me calmer.

— Je n'étais pas en train de me rouler sur le lit ! se défendit-elle. Vous êtes vraiment...

Son regard glissa sur son entrejambe.

— Oh !

— Oui. Et maintenant, puis-je me changer ?

Il avait vraiment besoin de se ressaisir et de prendre un bon bol d'air.

— Je pense que nous devrions en parler, insista-t-elle.

Si elle ne le laissait pas quitter la chambre, il se changerait devant elle ! Il baissa son maillot de bain et l'envoya valser d'un coup de pied au sol.

Les questions de Melanie cessèrent aussitôt, remplacées par un pur silence.

Il sourit en se penchant vers son sac pour prendre un caleçon.

Chapitre 7

Melanie faillit s'évanouir sous le choc.

Pourquoi fallait-il toujours qu'elle contrôle tout ? Pourquoi n'avait-elle pas laissé Hunter aller dans la salle de bains pour se changer ? Maintenant qu'il était nu, elle ne pouvait pas détourner le regard. Elle était absolument incapable de tourner la tête pour lui offrir un peu d'intimité. Non qu'il l'ait réclamée. Mais elle aurait dû le faire. Jamais elle n'aurait dû voir cet homme nu, même si elle avait déjà oublié pourquoi.

Bonté divine, il battait tous les records ! Son corps était dur et musclé de partout. Du cou aux genoux, en passant par les cuisses et les abdominaux parfaitement dessinés, sans parler de cette formidable érection qui pointait vers le ciel. Lorsqu'il se tourna pour mettre son caleçon, il lui boucha partiellement la vue, compensée par le profil de ses fesses qui frôlaient la perfection. Un homme ne devrait pas avoir un tel physique. Ce n'était pas juste ! Cela ne faisait que rendre des femmes apparemment intelligentes comme elle complètement stupides.

— Courez bien, dit-elle enfin, la gorge nouée.

Les poings serrés, elle essaya de se détendre en relâchant ses doigts un à un.

Il se tourna pour lui faire face.

— Merci.

Oh ! Non ! Elle s'efforça de le regarder droit dans les yeux, mais ne put s'empêcher de baisser de nouveau le regard. Dire que cette nuit, tout ce qu'elle voyait aurait pu être à elle, mais comme une imbécile, elle avait dit non !

— Et vous avez peut-être raison, vous savez..., ajouta-t-il.

— Je ne crois pas avoir eu raison pour quoi que ce soit, répondit-elle, sincère.

Il éclata de rire et son sexe rebondit un peu. Bon sang, comment pouvait-il avoir une érection pareille ? Elle se surprit à se demander quel genre d'amant il était. Sérieux, passionné, joueur ? Peut-être un peu de tout cela.

— Vous êtes trop dure avec vous-même, Melanie. Vous devriez lâcher prise et faire confiance à votre instinct, au lieu de vous inquiéter pour tout le monde tout le temps.

— J'y travaille.

Elle croisa les bras sur la poitrine, consciente que ses seins pointaient sous son bikini. Elle ne comprenait pas comment il pouvait rester debout, nu devant elle, et avoir cette conversation sans se sentir gêné.

Il se pencha en avant et enfila son caleçon. Enfin ! Elle soupira bruyamment. Elle n'était pas faite pour cela. Elle menait une vie ordonnée, planifiée. Alors que là, elle avait l'impression d'avancer en terre inconnue.

— Vous voulez venir courir avec moi ?

Le ridicule de sa question la sortit de son état de choc.

— Je ne cours que si je suis poursuivie !

— Je pourrais le faire. En fait, je le fais déjà.

Il s'assit pour mettre son short, puis ses chaussettes et ses chaussures de course.

— Vraiment ? demanda-t-elle, curieuse.

Etait-il véritablement intéressé par une aventure avec elle, ou bien se contentait-il de saisir l'occasion qui lui était donnée, un peu comme lorsque quelqu'un vous faisait goûter à une nouvelle recette au supermarché ? Vous n'avez pas vraiment faim mais vous mangez, parce que ça vous est proposé.

— Oui, répondit-il, hochant la tête. Je respecte le fait que vous m'ayez dit non, mais je suis très attiré par vous, et je n'ai pas l'intention d'arrêter de flirter avec vous. Nous avons la semaine devant nous, et je ne désespère pas que les choses finissent par tourner à mon avantage.

Une semaine entière… Seigneur !

— Dois-je comprendre que les marines arrivent toujours à leurs fins ?

— Disons que lorsque je veux quelque chose, je mets beaucoup d'énergie pour l'obtenir. Et je vous veux.

Melanie sentit des frissons atteindre des parties de son corps qui n'avaient pas frémi depuis des semaines. Jamais elle n'avait été confrontée à un homme capable d'exprimer aussi franchement son désir pour elle. La plupart de ses partenaires avaient manifesté à son égard une certaine nonchalance. Mais manifestement, Hunter n'était pas comme eux. Elle ne sut pas quoi lui répondre qui ne paraisse pas déplacé. Puis elle se rappela le conseil qu'il venait de lui donner : suivre son instinct.

— Moi aussi, je vous désire, avoua-t-elle, mais là n'est pas le problème.

Elle laissa retomber les bras le long de son corps, prit une profonde inspiration, puis expira lentement. Bas les masques.

— Je ne suis pas certaine d'être prête pour une aventure. J'ai peur de tout gâcher et de vous décevoir.

Elle attendit alors qu'il réagisse à cet aveu et lui dise quelque chose de rassurant, mais il n'en fit rien, se contentant de la regarder fixement.

Sérieusement ? Elle venait de s'exposer en lui disant la vérité sur ses sentiments et il se contentait de la fixer ?

— Je vous aime bien, dit-il enfin. Si vous êtes d'accord pour vous allonger nue à côté de moi, comment pourrais-je être déçu ?

— Je ne sais pas. Simplement, les hommes ne se bousculent pas à ma porte pour renouveler l'expérience.

Cette remarque était beaucoup trop personnelle !

— Oubliez ce que je viens de dire, ajouta-t-elle précipitamment.

— Non, je n'ai pas envie de l'oublier, répondit-il, avançant vers elle.

Elle recula d'un pas.

— Si ces hommes n'étaient pas satisfaits, c'est qu'ils ne faisaient pas ce qu'il fallait. Vous n'y êtes pour rien.

— Peut-être…

Elle avait envie de le croire. En son for intérieur, elle le croyait, même. Elle commençait tout juste à entrevoir que son problème venait surtout du choix de ses partenaires.

— Pas de peut-être, vous vous souvenez ? Mais oui ou non. Dans ce cas, la réponse est oui.

Il posa la main sur sa joue et l'étudia attentivement. Elle comprit qu'il attendait la permission de l'embrasser. C'était à elle de choisir. Et elle en avait envie, vraiment envie. Elle voulait se sentir séduisante, vivante, désirée, et il ne faisait aucun doute qu'avec Hunter, elle ressentirait tout cela. Se hissant sur la pointe des pieds, elle leva le visage vers lui afin de prendre l'initiative et de lui donner un baiser fugace et léger.

Mais Hunter ne se contenta pas de lui frôler les lèvres. Il l'embrassa à pleine bouche, dans un baiser impérieux, possessif. Il profita de l'effet de surprise pour glisser la langue dans sa bouche, une langue chaude et humide. Elle ne s'était pas préparée à une danse aussi érotique. Elle s'agrippa à ses épaules pour ne pas vaciller. Tandis qu'il l'embrassait, elle sentit son corps s'embraser lentement, et elle se serra contre lui dans un élan de désir.

Hunter s'écarta soudain d'elle, si brusquement qu'elle en perdit l'équilibre.

— J'ai très envie de recommencer, dit-il d'un ton bourru. J'ai envie de recommencer jusqu'à ce que vous cessiez de réfléchir et que vous vous contentiez de ressentir.

Ce programme lui paraissait délicieux, même si elle ne savait pas très bien comment le mettre en œuvre.

— Je pense que j'ai envie d'essayer.

— Pas « je pense ». Oui ou non !

Etait-il comme maître Ioda ? Bon sang ! Une femme avait le droit de tergiverser, non ?

Elle ouvrit la bouche, mais aucun son n'en sortit.

Il lui tourna le dos.

— Je serai de retour dans vingt minutes.

— Vous partez ?

Pourquoi était-elle à ce point désespérée à l'idée de rester seule ? Peut-être parce que dans la série des journées trop longues, celle-ci battait tous les records.

Elle était résolument seule. Et Hunter l'aidait à remplir ce vide.

— Je vous envoie un SMS, lorsque le repas sera servi ?

— Vous n'avez pas de forfait international, vous vous

souvenez ? Mais ne vous inquiétez pas : je ne serai pas long.

Il ne partit pas longtemps, mais cela laissa à Melanie tout le loisir de penser à son baiser et à son corps de rêve. Elle alluma la télévision, notant distraitement que tous les programmes étaient en espagnol. Le repas arriva et elle commença à manger sans grand appétit. Elle n'avait pas aussi faim qu'au déjeuner. Elle était surtout épuisée.

Tout avait changé au cours des douze dernières heures. Si quelqu'un lui avait dit, lorsque son réveil avait sonné, ce matin, qu'elle allait fricoter avec un beau garde du corps, elle l'aurait traité de fou. Mais au lieu de penser à Ian, elle ne faisait que songer à Hunter. Ce n'était pas normal.

Mais au fond, qu'y avait-il d'anormal à cela ? Ian l'avait quittée. Elle n'avait pas fait l'amour depuis six semaines. Elle était seule, voulait rassurer son ego, et rêvait d'un orgasme. Après une déception amoureuse, il était fréquent d'avoir une aventure. En plus, elle était en vacances et personne ne le saurait jamais.

Après avoir avalé un tiers de son dîner, elle décida de prendre une douche. Malgré le massage de Hunter, elle était encore tendue. Elle couvrit le steak sur le plateau, entra dans la salle de bains, et soupira de soulagement en sentant l'eau chaude couler sur sa peau. Elle se débarrassa de la crème solaire, de la sueur provoquée par l'angoisse, et du sentiment d'insécurité qui l'avait habitée toute la journée.

Hunter avait raison. Il fallait qu'elle apprenne à répondre par oui ou par non. Ce n'était pas si difficile.

Lorsqu'elle sortit de la salle de bains en débardeur et en short, les cheveux tout juste essorés, Hunter était de retour et son plateau vide.

— Eh bien, vous mangez vite, constata-t-elle.

— Je sais être efficace.

— Je suis fatiguée, déclara-t-elle. Est-ce que ça vous dérange, si je me mets au lit ?

— Non, bien sûr, répondit-il, en tirant les draps. Je vais prendre une douche à mon tour.

Melanie bâilla. Elle pensait qu'il ne lui faudrait pas plus de trente secondes pour s'endormir, mais elle resta étendue dans des draps frais, le corps las et l'esprit en ébullition. Elle était agitée comme si elle avait bu trop de café. Les pensées se bousculaient dans sa tête sans qu'elle puisse en retenir aucune.

Elle avait l'impression que tout ce qu'elle avait vécu dans le courant de cette journée n'était que le fruit de son imagination et que le lendemain, elle se réveillerait dans son appartement de Chicago au milieu du froid, accueillie par un SMS matinal de Ian.

Puis elle comprit soudain clairement qu'elle ne le souhaitait pas du tout.

Elle voulait être ici, avec Hunter. Pas chez elle avec Ian.

Pour une fois, juste une fois, elle voulait faire quelque chose non pas par souci de logique mais pour se faire plaisir.

La réponse lui apparut alors, claire, nette : c'était oui.

Hunter sortit de la salle de bains, propre mais toujours aussi frustré. Le baiser qu'il avait échangé avec Melanie s'était avéré bien plus intense qu'il ne l'espérait. Et il s'était pourtant attendu à une éruption volcanique ! En revanche, il n'avait pas imaginé que le séisme serait de magnitude 6, alors qu'ils s'étaient à peine touchés. Si ce n'était qu'un début, que serait la fin !

Melanie était étendue sur le dos, sous les draps, le regard braqué vers le plafond. Elle n'avait pas du tout l'air endormi.

— Tout va bien ? demanda-t-il.

Il avait enroulé une serviette autour de sa taille.

— Oui.

— Vous en êtes sûre ?

Son expression démentait ses propos. Sa poitrine montait et descendait à un rythme un peu plus rapide que la normale.

— Oui.

— D'accord.

Il ne le croyait pas, mais ne voulut pas insister.

— Je veux dire *oui*, fit-elle, roulant sur le côté.

Le drap glissa, dévoilant sa poitrine.

Il aperçut deux magnifiques globes pointant vers lui. Aussitôt, il se figea, la bouche sèche.

— Que… ?

Doucement, il fallait y aller doucement, comme à son habitude.

— Je…, commença-t-il.

Non, encore plus doucement.

Les cheveux de Melanie étaient humides et retombaient sur sa peau en longues boucles blondes. Ses joues étaient rouges, tout comme son décolleté, sans doute sous l'effet combiné de l'anxiété et de l'excitation. Elle était belle et sexy en diable.

Et ce soir, elle allait être à lui.

Pourtant, quelque chose ne collait pas. Il hésita quelques secondes ; il n'était pas certain de ce qu'elle lui proposait.

— Que faites-vous, Melly ? demanda-t-il, se dirigeant vers le lit.

Il rêvait de tirer d'un coup sec sur le drap, pour découvrir toutes les surprises qu'elle lui réservait.

Elle s'empourpra davantage.

— Manifestement, je ne suis pas très douée. J'essaie de vous faire savoir que j'ai très envie…

Sa voix n'était plus qu'un murmure.

— … de faire l'amour avec vous.

En la voyant si gênée, Hunter se sentit coupable de l'avoir poussée à formuler complètement son aveu. Elle avait peut-être envie de sexe. Mais elle pouvait aussi se sentir à bout et émotionnellement vidée. Il pouvait se contenter de profiter de l'affreuse journée qu'elle venait de passer, mais il pouvait aussi prendre un peu de recul, calmer le jeu, et essayer de savoir si au petit matin, elle n'allait pas regretter son choix.

— Est-ce bien vrai ? demanda-t-il. Je croyais que je n'étais que le gros bras chargé de vous protéger.

Pour l'aider à se détendre, il ponctua ses mots d'un léger baiser sur ses lèvres.

— J'aime beaucoup cette mission, poursuivit-il. La meilleure qu'on m'ait confiée.

— Vraiment ? murmura-t-elle contre ses lèvres. Vous devez être bien payé.

— Je le ferais même gratuitement.

Il lui caressa les cheveux, avant de poser la main sur sa joue. A cette distance, l'odeur de son shampooing lui chatouilla le nez. La peau de Melanie était rose et fraîche, ses yeux brillants. Elle paraissait nerveuse mais sûre d'elle. Elle posa les doigts sur son torse, et ce simple contact lui parut extrêmement excitant.

— Je suis heureux d'être ici avec vous, ajouta-t-il.

— Moi aussi, je suis heureuse d'être avec vous.

Elle lui prit la main, la serra, et la posa directement sur sa poitrine.

Sa peau était chaude, ses seins dressés.

— Vous êtes certaine de vouloir continuer ?

Elle acquiesça.

— Oui, j'en suis sûre. Je voulais passer mes vacances à faire l'amour, et j'ai bien l'impression que vous êtes l'homme de la situation.

Tandis que le sexe de Hunter se dressait, la serviette autour de sa taille commença à glisser.

— En effet. Vous êtes prête à commencer ?

C'était juste du sexe, une façon de se laisser aller. Et c'était exactement ce qu'il recherchait. Melanie était une femme blessée et désorientée par sa brutale rupture. Le moment était vraiment bien choisi. Elle n'aurait aucune attente irréaliste. Elle tirerait du réconfort de sa présence, et il lui prouverait à quel point il la trouvait sexy. Il n'aurait pas besoin de lui mentir.

Il allait enfin pouvoir satisfaire ses envies, et elle, elle oublierait un temps sa rupture. C'était un marché gagnant-gagnant.

— Plus que prête, dit-elle, en s'asseyant.

Le drap glissa jusqu'à sa taille. Il l'avait déjà vue en bikini, mais cette vision était radicalement différente, car cette fois, elle s'offrait à lui volontairement. C'était le spectacle le plus excitant qu'il ait jamais vu !

Lorsqu'il atteignit le bord du lit, elle tendit vers lui une main tremblante, et défit sa serviette, qui tomba au sol avec un bruit sourd. Elle retint son souffle en le contemplant. Il sentit son sexe durcir plus encore sous son regard. Puis, lorsque sa main se referma sur lui, il siffla doucement. Cette timide caresse était presque plus qu'il pouvait supporter.

Il poussa délicatement Melanie sur le dos et vint la rejoindre sur le lit. Elle lâcha un petit cri de surprise. Il s'aperçut qu'elle avait posé un assortiment de préservatifs sur la table de nuit. Elle avait dû profiter du moment où il était sous la douche pour le faire. L'espace d'un instant, il se sentit gêné en pensant qu'elle les avait emportés pour un autre que lui, mais il chassa très vite cette pensée. Tant pis pour Bainbridge s'il n'était pas là ! Qu'il aille au diable ! Il ne méritait pas Melanie.

Il se coucha sur elle et, posant les mains de part et d'autre de sa tête, l'embrassa doucement.

— Tes lèvres sont délicieuses, dit-il. Douces et juteuses.

— Comment peuvent-elles être juteuses ? demanda-t-elle, s'arc-boutant vers lui lorsqu'il s'écarta d'elle.

— Elles sont juteuses, c'est tout.

Puis il aspira sa lèvre inférieure pour mieux la savourer.

Melanie répondit par un grognement de plaisir.

Il prit alors son sein en coupe et le soupesa, guettant sa réaction.

Elle soupira.

— Tu sais ce qui m'a vraiment convaincue, tout à l'heure ?

— Le fait d'avoir baissé mon caleçon devant toi ?

Il lui embrassa la commissure des lèvres, désireux de prendre son temps pour explorer son corps et voir ses réactions.

— Ça chatouille ! glousse-t-elle. Oui, ça *aussi* m'a convaincue. Mais je pensais plutôt à ton massage. Je me suis sentie à la fois détendue et excitée. Je rêvais que tu glisses ton doigt dans mon bikini.

— Quelle heureuse coïncidence, moi aussi !

S'ils n'avaient pas été en public, il aurait peut-être tenté sa chance.

Mais pour l'heure, ils étaient délicieusement seuls, et Melanie avait égaré son T-shirt en chemin. Il se demanda ce qu'il en était un peu plus bas.

— Tourne-toi, je vais te masser de nouveau, proposa-t-il.

Il se leva et se dirigea vers la salle de bains.

— Qu'est-ce que tu fais ?

Elle paraissait contrariée qu'il la laisse, ce qui était bon signe.

— Je vais chercher de la crème.

— Oh…

Lorsqu'il revint dans la chambre, la bouteille de crème parfumée à la main, il s'aperçut que Melanie s'était couchée sur le ventre, appuyée sur les coudes, le menton entre les mains. Elle le regardait avec un petit sourire.

— Tu n'es pas obligé de faire ça maintenant, tu sais.

— Mais si, dit-il, montant sur le lit. Ce n'est pas un devoir ou un acte de charité. Je ne suis pas obligé de changer mon huile tous les cinq mille kilomètres. Je ne suis pas obligé d'aller au pique-nique annuel de mon ami Brent. Mais ça ? Je suis obligé de le faire. Pour nous deux. Aucun de nous ne dormira bien avant d'avoir eu au moins une série d'orgasmes.

— Je voulais parler du massage. J'ai l'impression de t'avoir un peu forcé la main.

Cette femme méritait une fessée. Elle passait beaucoup trop de temps à lui dire ce qu'il ne devait pas faire pour elle.

— Tu ne m'as pas forcé la main. Tu ne me l'as même pas demandé. Est-ce que je peux te proposer quelque chose ?

Il commença à lui masser les épaules, se délectant de son soupir de satisfaction.

— Quoi donc ?

— Tais-toi et laisse-toi faire. Accueille la diva qui est en toi.

— Je ne crois pas qu'il y en ait une, dit-elle d'un air si sincère qu'il ne put que rire.

— Eh bien, nous allons voir ça.

Il s'installa à califourchon sur elle, de part et d'autre de ses cuisses, ses fesses étant toujours couvertes par le drap, et il se pencha sur elle. Pendant qu'il la massait, leurs corps se frôlaient. Il l'embrassa derrière l'oreille, dans le cou, puis sur le coin de la bouche.

— Alors, tu la trouves ?

— Pas encore, murmura-t-elle.

Elle avait fermé les yeux et il la sentit se détendre peu à peu.

Du bout du pouce, il lui massa les muscles de part et d'autre de la colonne vertébrale et descendit le long de son dos. Il connaissait déjà cette partie d'elle, mais maintenant, il avait tout le loisir de s'aventurer plus loin, jusqu'à ses seins. Elle avait une formidable poitrine qu'il rêvait d'explorer en détail.

— Prenons les choses sous un angle différent, dit-il.

Il fit glisser ses mains plus bas, entraînant le drap avec lui. Elle avait gardé sa culotte, ce qui ne le surprit pas. Elle avait déjà fait preuve d'une grande audace en ôtant son T-shirt.

Pourtant, il n'hésita pas à faire glisser sa culotte jusqu'à ses chevilles, exposant la courbe de ses fesses à son regard. Melanie retint son souffle.

— S'il te plaît, ne me masse pas… là.

— Et pourquoi pas ?

— Ça me paraîtrait bizarre.

La mettant au défi, il prit ses deux fesses à pleines mains et la massa doucement. Il se sentait terriblement excité de la caresser, tout en étudiant le corps qui s'offrait à lui. Elle était si sexy, les lèvres gonflées par ses baisers, ses cheveux humides en bataille, et son air un peu inquiet !

Elle gémit sans cesser de répéter qu'elle trouvait ce massage bizarre.

— Qu'est-ce qui est si bizarre ? demanda-t-il, en essuyant les résidus de crème sur le drap.

Puis il vint s'allonger à côté d'elle, lui caressant le dos.

— Je ne sais pas, murmura-t-elle, en le contemplant avec des yeux limpides. Personne ne m'a jamais touché les fesses auparavant.

— Tu n'es pas sérieuse ?

Il continua de lui caresser le dos d'une main légère, de haut en bas, dans l'espoir qu'elle se détende.

— Si tu essaies de me dire que tu es vierge, je ne te croirai pas.

Elle leva les yeux au ciel.

— Non, je ne suis pas vierge. Pourquoi tu dis ça ?

— Parce qu'il est impossible de faire l'amour avec un homme sans qu'il touche tes fesses.

Puis il l'embrassa avant qu'elle puisse lui répondre, la taquinant avec sa langue.

Melanie s'écarta, le sourire aux lèvres, un peu essoufflée.

— Je parlais de ta façon de me toucher les fesses, comme si tu pétrissais de la pâte.

— Je comprends mieux. Je ne le ferai plus. Tu veux aussi que j'arrête de faire ceci ?

Il introduisit son majeur entre ses cuisses pour lui caresser le sexe. Puis il commença à la pénétrer du bout du doigt à un rythme régulier. Elle gémit doucement et ondula des hanches. Il aimait son corps. Il avait vécu en Floride du Sud jusqu'à l'âge de dix ans et dans son jeune âge, il avait croisé sur la plage de nombreuses beautés latines en bikini. Il appréciait les courbes des femmes, celles avec des seins et des fesses. Et avec ses reins cambrés, Melanie l'excitait de plus en plus. Elle avait un corps fait pour l'amour et le sexe.

Et lui avait un corps fait pour la satisfaire.

— Non, dit-elle, se frottant sur son doigt.

— Non quoi ?

— Ne t'arrête pas.

— Pas tant que tu ne me l'auras pas demandé, promit-il. Est-ce que c'est assez bon ? Tu veux autre chose ?

Il voulait qu'elle désire son sexe, mais il savait qu'elle était timide. Ou peut-être n'était-ce pas de la timidité. Peut-être ne savait-elle pas vraiment ce qu'elle aimait. Il avait l'impression qu'elle était sortie avec beaucoup de minables par le passé.

De sa main libre, il saisit un préservatif et en déchira l'emballage avec les dents. Melanie écarquilla les yeux en le regardant faire, mais ne dit rien.

Prendre une femme par-derrière n'était pas forcément sa position préférée, mais ses fesses étaient si parfaitement dressées, si tentantes, qu'il ne put résister. Il se glissa derrière elle, lui écarta légèrement les cuisses et lui laissa le temps de protester en la taquinant du bout du sexe. Pour toute réponse, elle leva les hanches, l'invitant ouvertement à aller de l'avant.

Il n'allait pas refuser.

Il la pénétra d'un seul coup de rein, leur arrachant à tous les deux un gémissement de plaisir. Il commençait à peine à savourer le bonheur d'être en elle, lorsqu'il comprit que son orgasme était imminent. Bon sang, que c'était excitant !

Lui agrippant une hanche d'une main, il passa l'autre à l'avant de son sexe pour lui caresser le clitoris.

Le grognement qu'elle poussa était le plus beau bruit qu'il ait jamais entendu.

— C'est bien, Melly, dit-il, jouis pour moi.

— C'est ce que je fais.

Son soupir émerveillé lui fit perdre la tête.

Elle le serra si fort qu'il se perdit loin en elle.

Chapitre 8

Melanie songea brièvement qu'elle aurait dû se sentir gênée de jouir aussi vite, mais elle était beaucoup trop accaparée par son orgasme pour s'en soucier vraiment. Cet homme lui faisait tellement d'effet ! Cela avait quelque chose à voir avec ses grandes mains, son corps musclé et chaud, sa façon de la caresser.

Et avec sa voix, aussi, sa voix rauque et grave. Si terriblement virile… Lorsqu'il lui parlait et l'encourageait à faire quelque chose, plus rien ne lui semblait indécent.

Pourtant, elle ne s'était pas attendue à ce qu'il la prenne par-derrière. Ni qu'il la caresse de manière aussi sensuelle et excitante. Tout en réussissant l'exploit de l'embrasser ! Le fait même qu'il ne suive pas la chorégraphie tant de fois répétée à laquelle elle était habituée rendait leurs ébats encore plus enivrants. Il paraissait improviser en permanence et faire tout ce qui lui passait par la tête, sans suivre une routine sexuelle transposable à toutes ses partenaires.

C'était pour elle une nouveauté tout à fait excitante. Ce qui expliquait pourquoi, au moment où il l'avait pénétrée, elle était déjà plus que prête à jouir.

Hunter continua à lui faire l'amour tandis que les vagues de plaisir la submergeaient. Elle s'agrippa au drap et prit la liberté de crier son nom. Elle n'en revenait pas qu'il soit si facile d'atteindre l'orgasme avec lui. Non qu'elle se considère comme un cas, mais d'ordinaire, il lui fallait mobiliser beaucoup plus d'efforts. Que lui soit capable de l'amener au bord de l'abîme en quelques minutes la laissait atterrée et vint à bout de ses dernières pensées rationnelles.

L'orgasme de Hunter fut moins bruyant que le sien, mais elle se sentit satisfaite de l'entendre grogner de plaisir.

— Bon sang, siffla-t-il. C'était incroyable, Melly !

Au début, elle ne savait pas quoi penser de ce surnom issu d'une plaisanterie douteuse, mais maintenant, elle se surprenait à l'apprécier. Melly était le genre de femme à jouir facilement. Elle était calme, et n'avait pas en permanence dans la tête une liste de choses à faire. A sa grande surprise, elle aimait être Melly.

Hunter se retira et s'effondra sur le ventre à côté d'elle. Elle roula sur le côté pour lui faire face, et grimaça en sentant un pincement dans le bas de son dos. Au diable ses reins, le jeu en valait la chandelle ! Elle repoussa en soufflant une mèche de cheveux rebelle et sourit à Hunter.

— Salut, dit-elle.

— Salut, fit-il en écho, s'étirant avec un sourire en coin. Qu'est-ce que tu penses de ce massage ?

— Très satisfaisant.

Il se redressa sur un coude, tendit la main, et lui donna une tape sur les fesses. Elle sursauta sous le coup, plus surprenant que douloureux.

— Aïe ! Pourquoi tu fais ça ?

— Pour te punir d'être aussi désirable. J'aurais aimé que ça dure plus longtemps, mais tu m'as mis à genoux.

A l'expression de son visage, elle ne pouvait que le croire. Cela lui suffit à la rassurer. Elle en avait bien besoin.

— Merci.

— Tu te moques de moi ? Je n'étais pas en train de te tenir la porte ! Je l'ai fait pour tous les deux. Tu n'as pas besoin de me remercier. C'est plutôt ça qui est bizarre, pas que je te touche les fesses.

Il venait de marquer un point. C'était devenu une habitude qu'il fallait à tout prix enrayer.

— Je devrais peut-être te toucher les fesses à mon tour, proposa-t-elle. Nous serions quittes.

— Je t'en prie.

Etant donné qu'elle fantasmait déjà sur elles avant même de voir Hunter en sous-vêtements, elle ne se fit pas prier. Elle se pelotonna étroitement contre lui.

— J'aime déjà ça, grogna-t-il. Il y a tellement de choses que j'ai envie de te faire ! C'est bon de savoir que nous avons du temps devant nous.

Melanie glissa la main par-dessus la hanche de Hunter, se délectant de la chaleur de sa peau et de la fermeté de ses muscles. Ils avaient cinq jours devant eux pour faire ce qu'il leur plairait, en comptant la journée de retour à Chicago.

— Mm, beau projet… Tu viens toujours faire du cheval avec moi, demain matin ?

— Bien sûr.

Elle promena ses doigts sur ses fesses et explora la fermeté de ses deux globes. La sensation était aussi agréable que le spectacle qui s'offrait à sa vue.

— C'est comment ? demanda-t-il d'une voix un peu endormie.

— Très impressionnant !

Elle se demanda s'il allait s'écarter d'elle pour bien marquer le fait que leur relation tournait uniquement autour du sexe et rien de plus, mais il n'en fit rien. Après avoir ôté son préservatif, il enroula les bras autour d'elle pour l'attirer contre lui.

— Dis-toi bien que ce n'était qu'un échauffement. Une introduction au cours sur l'orgasme.

Elle rit doucement. Elle se sentait terriblement détendue et sécurisée, blottie contre son corps chaud.

— Je te rappelle que je n'étais pas vierge.

— Non, pas techniquement parlant. Mais avant la fin de ce voyage, je vais faire en sorte que tu lâches vraiment prise, Melly.

Elle s'en était très bien sortie jusqu'à présent, songea-t-elle.

— Je croyais que tu étais censé me protéger des dangers, le taquina-t-elle.

— En quoi le sexe est-il dangereux ?

Une fois de retour à Chicago, ils ne se reverraient plus et il allait devenir la référence pour ses relations à venir. Elle ne voulait pas perdre la tête, et encore moins le cœur.

— Je ne suis pas vraiment athlétique. Je risque de me faire mal, si je lâche prise.

Elle préféra répondre sur le ton de l'humour. Hunter n'avait pas besoin de connaître le fond de sa pensée.

— Il faut toujours s'étirer après, dit-il, en bâillant.

S'il la trouva évasive, il n'en dit rien. Mais il n'avait sans doute rien remarqué. La plupart des hommes ne raisonnaient pas comme les femmes, d'où l'énorme quantité de relations qui échouaient.

— Très bonne idée, acquiesça-t-elle.

— Je peux t'aider à t'étirer, si tu veux. En mettant tes chevilles sur mes épaules, par exemple.

Oh ! seigneur !

— Je sais comment faire, je te remercie.

Il déposa un baiser sur ses lèvres.

— Alors cesse de te plaindre !

— Je ne me plains pas ! protesta-t-elle.

Pas qu'elle sache.

— Mais j'ai très envie de dormir, maintenant, ajouta-t-elle. Bonne nuit.

— Bonne nuit, beauté.

Elle essaya de se tourner sur le dos.

— Arrête de gigoter, gémit Hunter.

— J'essayais juste de te laisser de la place.

— Je n'ai pas besoin de place. C'est toi que je veux.

En entendant ces mots, elle se figea. Il avait les yeux fermés et paraissait à moitié conscient de ce qu'il disait. Il n'y avait absolument aucun sous-entendu dans ses propos, elle le savait.

Et pour l'heure, elle voulait juste se blottir contre son corps chaud et profiter de sa proximité. Poussant un soupir de contentement, elle ferma les yeux et mit fin à cette première journée de vacances.

Jamais elle n'aurait pu prédire qu'elle se terminerait de cette façon, mais elle était fière d'avoir su se laisser porter par le courant.

Elle refusait de se réveiller le lendemain avec le moindre regret.

Hunter n'était jamais monté à cheval et il avait le sentiment de ne pouvoir contrôler l'animal, ce qui le contrariait. Même si les chevaux qui emmenaient les touristes en excursion étaient vieux et dociles, il avait la fâcheuse impression qu'il pourrait tomber à n'importe quel moment. Et voir Melanie parfaitement heureuse et à son aise, trottant sur la plage, cheveux au vent, n'aidait en rien à égayer son humeur.

Il s'était réveillé en nage au beau milieu de la nuit, mais il n'avait pas voulu s'écarter de Melanie. Il s'était donc contenté de somnoler. Lorsqu'il s'était réveillé, au matin, Melanie était déjà debout et prenait sa douche, la porte de la salle de bains fermée à clé. Ce n'était pas ainsi qu'il aurait voulu commencer la journée. Lorsqu'elle en était sortie, elle lui avait annoncé d'un air enjoué qu'il ne leur restait plus que vingt minutes avant le départ. Cette nouvelle avait fait voler en éclats son idée de commencer la journée en faisant l'amour, Melanie à califourchon sur lui.

Il avait à peine eu le temps d'avaler un muffin avant de monter sur le dos de cette bête. Or, son estomac avait besoin d'un solide déjeuner, et non de viennoiseries. La faim le rendait grognon. Tout comme le fait de vouloir explorer le corps de Melanie de la tête aux pieds. Elle ne semblait pas regretter l'absence de sexe au petit matin. Elle paraissait heureuse, apaisée.

Ce qui, en soi, était une bonne chose. Elle avait besoin de décompresser. Elle méritait d'être heureuse, et si le fait de monter sur un maudit cheval pouvait y contribuer, il était prêt à s'y plier. Il pouvait même se flatter de penser qu'elle ressentait encore les bénéfices de leurs récents ébats.

Leur guide n'arrêtait pas de plaisanter avec elle, de lui porter une attention toute particulière, et, curieusement, il en ressentait une incroyable irritation. Lui avait-elle déjà servi cette histoire selon laquelle elle était actrice de films porno ? Il espérait que non ! C'était une plaisanterie entre eux, et s'il s'en était servi une ou deux fois, cela lui semblait à présent une très mauvaise idée. Il ne voulait pas que Melanie fasse l'objet d'attentions déplacées de la part des hommes de l'hôtel ni qu'ils imaginent qu'elle était une fille légère.

Inquiet, il força son cheval à avancer plus vite afin de rattraper Melanie et son nouvel ami. Jaloux d'un guide ? Lui ? Risible ! Ridicule ! Deux jours plus tôt, il ne connaissait même pas Melanie et aujourd'hui, il était jaloux ? Même si cette pensée était totalement irrationnelle, son inquiétude était parfaitement justifiée, si jamais elle décidait d'endosser le rôle de ce personnage.

Il arriva si près et si vite du petit groupe que le guide dut déplacer son cheval vers la droite pour lui faire de la place, le gratifiant d'un sourire.

— Hey, *amigo* ! Vous commencez à apprendre à monter, on dirait.

— Oui, répondit Hunter avec le même sourire.

Melanie lui lança un regard contrit.

— Tu ne t'amuses pas beaucoup, pas vrai ? Je suis désolée. J'ignorais que tu n'aimais pas monter à cheval. Moi, j'adore ça.

— C'est ce que je vois. Mais tout va bien. Ne t'inquiète pas pour moi.

Combien de temps allait durer cette promenade sur la plage ? Pas plus de deux heures, certainement.

— J'apprends à connaître mon cheval, dit-il. Nous sommes même devenus amis.

Melanie éclata de rire. Elle semblait si insouciante qu'il ne put s'empêcher de se détendre à son tour. Le guide s'éloigna pour rejoindre un autre couple, et il saisit alors cette occasion pour la mettre en garde.

— Je sais que c'est moi qui ai commencé avec Melly Ambrosia, mais je ne crois pas que tu doives dire à tout le monde que tu es une actrice de films porno. Ça pourrait t'attirer des ennuis.

Elle lui lança un regard désapprobateur.

— Tu as raison de souligner que c'est toi qui as commencé. Mais pour ta gouverne, sache que je n'ai rien dit de cet ordre au guide. Primo, il connaît mon vrai nom parce qu'il est écrit sur ma fiche de réservation. Deuxio, je ne suis pas stupide. Tertio, il pense que tu es mon petit ami. Il ne me drague pas, il est juste gentil avec moi. C'est son travail. Je suis sûre qu'il espère juste un gros pourboire à la fin de l'excursion.

— Pour que les gens pensent que tu es ma petite amie, il faudrait d'abord que tu te comportes comme telle.

Sa remarque était dure. Pourtant, il se voulait séducteur et non possessif.

Elle écarquilla les yeux de surprise, puis se pencha sur son cheval pour lui caresser l'encolure, comme pour le rassurer. La brise rabattit ses cheveux sur son visage.

— Qu'est-ce que je suis censée comprendre ?

— Rien, c'est sans importance.

Il ignorait comment lui expliquer ses sentiments, sentiments qu'il n'aurait d'ailleurs même pas su nommer, ce qui le mettait terriblement mal à l'aise.

— Nous ne faisons que... nous amuser, non ? demanda-t-elle d'une voix incertaine.

Génial ! Maintenant, elle pensait qu'il était à la recherche d'une relation ! Généralement, c'était l'homme qui craignait que la femme ait trop d'attentes. Le fait même qu'elle pense qu'il puisse avoir des pensées tendres à son égard après une brève mais intense nuit de sexe était extrêmement humiliant. Bon d'accord, il l'aimait bien. Et puis ?

— Oui, on se contente de s'amuser pendant notre séjour au Mexique.

— C'est juste une aventure de vacances ? demanda-t-elle encore, d'un air indéchiffrable.

— Oui.

— Nous n'avons donc pas besoin de parler de ce qui se passera une fois que nous serons de retour à Chicago, parce qu'il ne se passera rien, pas vrai ?

Le terrain était miné. Elle lui tendait manifestement un piège. Si elle croyait qu'il allait la contredire, se condamnant ainsi à des attentes déplacées, elle le prenait pour un idiot. Or, il n'était pas stupide. Il n'était tout simplement pas fait pour elle. Elle avait besoin d'un homme au cœur tendre, pas d'un homme au cœur de pierre. Une fois de retour chez eux, ils poursuivraient chacun leur route. Il se terrerait dans son appartement austère, travaillerait et s'entraînerait ; elle rencontrerait un gentil garçon qui jouerait au golf et courrait avec elle les magasins d'antiquités. Il n'y avait qu'une seule chose qui les réunissait, et même s'ils y prenaient tous les deux du plaisir, cela ne les mènerait nulle part.

— Oui.

— Je te remercie pour ta franchise.

Elle lui parut soudain contrariée, mais il ne comprit pas bien pourquoi. Soit elle voulait qu'il y ait quelque chose de plus dans leur relation, soit elle n'appréciait pas qu'il s'exprime aussi clairement.

— Je t'en prie, dit-il.

Ce n'était pas la réponse qu'elle attendait non plus, manifestement, car elle leva les yeux au ciel et talonna son cheval, s'éloignant dans un nuage de sable, et le laissant seul dans son sillage. Son propre cheval hennit doucement et dodelina de la tête.

— Ne t'inquiète pas, mon gars, dit-il à l'animal. Nous n'allons pas nous lancer à sa poursuite. Elle veut juste rester seule.

Il soupira. Cette journée ne s'annonçait pas comme il l'avait espéré. Pas le moins du monde !

Chapitre 9

Les hommes ne savaient-ils donc pas que lorsqu'une femme s'en allait vexée, ou partait au galop sur un cheval comme dans son cas, elle voulait être suivie ? Elle avait pourtant clairement laissé entendre à Hunter qu'elle était fâchée. Il aurait dû logiquement la rattraper et la persuader de lui parler, afin qu'ils clarifient les choses. Le fait qu'il soit trop obtus pour le comprendre la rendait encore plus furieuse. Du haut de son cheval, elle lui lançait de temps à autre des coups d'œil furtifs, tout en se demandant comment il avait réussi à ternir son humeur en si peu de temps.

Elle n'était pas stupide. Elle savait bien qu'ils ne vivaient qu'une aventure sans lendemain. Mais qu'il le mette en avant, comme s'il craignait qu'elle se fasse des idées sur son compte et tombe amoureuse de lui, était extrêmement frustrant ! L'incroyable arrogance dont faisaient preuve les hommes l'étonnerait toujours. Pourquoi n'avait-elle pas elle-même un peu plus d'assurance ? Elle se sentirait tellement libérée, si elle pouvait traverser la vie avec la certitude que les hommes voulaient bien d'elle !

Elle était bien décidée à montrer à Hunter qu'elle

n'était pas prête pour une relation durable. La dernière, qui s'était achevée depuis moins de vingt-quatre heures, était loin d'avoir été satisfaisante. Elle avait besoin de faire une pause, de savoir ce qu'elle attendait vraiment d'un homme. Et si Hunter partait du principe que, sous prétexte qu'elle avait des ovaires, elle ne pensait qu'à passer la corde au cou au premier type qui croisait sa route, il n'était qu'un sexiste de plus ! Elle était parfaitement capable d'avoir une aventure légère sans conséquences. Merci bien.

Ne l'avait-elle pas prouvé la veille ? Lorsqu'elle s'était glissée dans le lit en petite culotte, elle n'avait à aucun moment pensé à le harponner.

Et maintenant, il était inquiet que les hommes de l'hôtel puissent la trouver séduisante, si elle continuait à se faire passer pour Melly, et préoccupé à l'idée d'être perçu comme son petit ami, au risque qu'elle puisse caresser l'idée absurde qu'il le devienne vraiment. Manifestement, il fallait qu'elle adopte une ligne de conduite mystérieuse et magique où elle serait amicale mais pas trop avec lui ou avec n'importe quel individu doté d'un pénis. Etait-il sérieux ? Où les hommes allaient-ils chercher des choses pareilles ?

Bien décidée à ce que rien ne lui gâche la promenade, elle chevaucha en tête du groupe avant de faire demi-tour. Elle était beaucoup montée à cheval quand elle était enfant, mais elle n'avait plus les moyens de pratiquer l'équitation aujourd'hui. Remonter sur une selle était un pur plaisir et elle ne put que se détendre en croisant le regard doux de son vieux cheval. Lorsqu'elle revint se placer à côté de Hunter, elle avait retrouvé son calme. Et elle allait tellement l'exciter qu'il ne pourrait plus tenir en selle.

— Tu t'amuses bien ? demanda-t-il.

— Toujours ! répondit-elle d'un air jovial. N'est-ce pas le but des vacances ?

Il hocha prudemment la tête.

— S'allonger au soleil, visiter des lieux, fricoter avec un bel inconnu au milieu de la nuit…

Ses paroles sonnaient faux. Elle se voulait sexy et elle ne faisait que passer pour une fille légère. A ce train-là, encore deux heures et tout risquait de dérailler. Ils avaient besoin de tout reprendre à zéro.

— Est-ce ce que nous faisons ? demanda-t-il, l'air offensé. Nous fricotons ?

— Je pense que ce verbe s'accorde très bien avec une aventure de vacances, non ?

Non qu'elle l'ait déjà fait auparavant, mais c'était une définition communément acceptée.

— Ça me paraît tellement impersonnel. Je ne vois pas les choses de cette façon. Nous sommes en train de devenir amis. Nous nous apprécions mutuellement.

Melanie décida d'abandonner. Elle ignorait ce qui se tramait dans l'esprit de cet homme et elle ne voulait pas le savoir. Il devait y avoir une grotte sombre où se mêlaient la peur de s'engager et une vision inégalitaire des sexes.

— D'accord, dit-elle simplement.

— Quoi, nous ne sommes pas amis ?

Il paraissait vexé et choqué. Depuis qu'elle était sortie de la douche et qu'elle lui avait rappelé leur excursion, elle le trouvait grognon.

— Bien sûr que nous sommes amis, confirma-t-elle.

Mais ce n'était pas comme s'ils se connaissaient vraiment. Elle reconnaissait les expressions de son visage, son odeur, avait eu un minuscule aperçu de son enfance. Et c'était tout. Or, ce n'était pas ainsi qu'elle voulait se comporter, ni ainsi qu'elle voulait se sentir.

Elle faisait une projection sur lui. C'était Ian, le responsable de ses malheurs, et elle se sentit soudain honteuse d'avoir tiré des conclusions hâtives sur les pensées, les motivations et les actes de Hunter. Si elle voulait savoir ce qu'il avait dans la tête, il lui suffisait d'ouvrir la trappe et de lui poser la question.

— Je suis désolée, Hunter. Je ne voulais pas paraître aussi retorse. J'apprécie vraiment ta sincérité à mon égard. Je suis heureuse que tout soit clair entre nous, et que nous sachions clairement tous les deux que ce que nous voulons, c'est passer du bon temps ensemble et nous amuser.

Il la regarda attentivement.

— Je suis allé trop loin hier ? demanda-t-il. Si c'est le cas, je suis navré. Je n'ai pas essayé de profiter de la situation.

— C'est moi qui suis entrée nue dans le lit, lui rappela-t-elle. Et tu ne m'as pas forcé la main.

— Je ne voudrais pas que tu aies des regrets. Je veux que tu t'amuses, indépendamment de ce que je pense ou ressens.

— Et qu'est-ce que tu ressens ?

Bon sang, pourquoi s'aventurait-elle sur ce terrain-là ?

— J'ai l'impression d'avoir beaucoup de chance. Je ne m'attendais pas du tout à passer une semaine comme celle-ci. Ni à une femme comme toi.

Imitant sa franchise, elle dit à son tour :

— Je n'ai jamais eu d'aventure de vacances, avant toi. Je ne sais pas très bien ce que je fais, alors je te demande d'être patient. Dans les grandes lignes, j'ai compris que nous ne nous reverrons pas, une fois de retour à Chicago.

— Ce sont en effet les grandes lignes. Nous devons être d'accord pour nous en tenir à une aventure de vacances. Marché conclu ?

Il lui tendit la main, et elle eut l'impression d'acheter une voiture.

— Je préfère les promesses. J'ai l'impression de conclure une affaire commerciale en te serrant la main.

Il rit doucement.

— Nous pouvons prêter serment, si tu veux.

Il leva la main droite et lui sourit.

— Je jure que ce soir, je vais t'exciter à un point tel que tu ne te souviendras même plus que tu viens de Chicago.

Quelle bonne idée… Elle en ressentit un agréable frisson dans le dos.

— Je ne suis pas de Chicago, rectifia-t-elle, mais du Kentucky.

— Tu es impayable !

Il essaya de se pencher vers elle, mais son cheval fit une embardée dans la direction opposée.

— Au fait, j'ai l'intention de dire à tout le monde, ici, que nous sommes ensemble, dit-il, l'air déterminé. Je n'ai pas été très adroit en lançant cette plaisanterie sur les films porno. Je n'aurais pas dû t'exposer ainsi.

— Je me suis effectivement exposée, répondit-elle, hilare, mais uniquement devant toi.

Hunter rit avec elle, avant d'ajouter d'un air grave :

— Je suis sérieux, Melanie. J'aimerais que nous disions aux gens que nous sommes ensemble. Je ne voudrais pas qu'un homme dépasse certaines limites avec toi et je ne veux pas que tu te promènes seule dans l'hôtel.

Pourquoi cette gravité soudaine ? Elle était capable de faire semblant d'être sa petite amie, mais à une condition.

— Très bien, acquiesça-t-elle. Mais il va falloir que tu me parles en toute franchise. Si je dois faire semblant d'être ta petite amie, je dois savoir certaines choses sur toi.

Il se rembrunit, et hocha la tête.

— Ce n'est pas absolument nécessaire, à mon avis, mais si c'est ce que tu veux.

— Ça l'est.

Si elle était prête à dormir blottie contre lui la nuit, et à lui tenir la main le jour quand ils se promenaient dans l'hôtel, elle voulait au moins connaître tous ses prénoms, savoir où il avait grandi et pourquoi il avait rejoint les marines.

Et aussi ce qu'il espérait de l'avenir. Tout ça…

— Ce sera amusant, tu verras. Tu pourras apprendre à mieux me connaître aussi.

Il lui renvoya un regard si torride, si sexy qu'elle en trembla sur sa selle.

— Je m'efforcerai de le faire.

Parfait…

Ils avaient pris le chemin du retour vers les écuries et elle en était heureuse. Elle en avait assez de cette excursion. Elle rêvait d'un peu d'intimité avec lui.

Il descendit le premier de cheval et lorsque ce fut son tour, il s'avança pour l'aider. Elle était parfaitement capable de descendre de son cheval toute seule, mais le souvenir des coups de reins de Hunter, associé à son excitation, fit qu'elle glissa de sa selle plus lourdement qu'elle ne l'aurait voulu. Elle surprit la grimace de douleur de Hunter lorsqu'il la rattrapa, et se souvint de sa blessure.

— Oh mon Dieu, ton bras ! s'inquiéta-t-elle.

Elle posa les pieds sur le sable et s'écarta de lui, très mal à l'aise.

— Tu vas bien ? demanda-t-elle.

— Oui, très bien, répondit-il sèchement, les lèvres pincées.

Non, il n'allait pas bien, manifestement. Mais il lui avait appris à ne pas s'inquiéter pour lui. Il n'apprécierait pas ses marques de sollicitude ou de compassion. C'était un dur. Alors, au lieu de se faire du souci pour lui, elle préféra enrouler les bras autour de son cou et l'embrasser. Il se raidit encore plus.

— Pourquoi tu as fait ça ?

Elle haussa les épaules.

— Peut-être pour les autres, répondit-elle, en souriant. Ou peut-être parce que j'en avais envie. Ou les deux.

Elle glissa ensuite sa main dans la sienne. Elle savait que malgré la requête de Hunter de se comporter comme un couple, ce geste le mettrait mal à l'aise. Elle posa enfin la tête sur son épaule.

— Je peux t'appeler chéri ? demanda-t-elle.

— Petite impertinente !

Elle fit semblant de fouiller la plage des yeux.

— De qui est-ce que tu parles ?

Il la regarda si longuement qu'elle éclata de rire.

Une femme d'un âge mûr lui tapota le bras lorsqu'elle passa devant elle.

— Vous êtes si mignons ensemble !

Cette femme devait avoir bu, car Hunter n'avait rien de mignon à cet instant. Il paraissait plutôt souffrir d'une indigestion.

— Merci, répondit Melanie.

— C'est votre lune de miel ?

— Non, nous sommes mariés depuis cinq ans. C'est pourquoi mon mari est aussi grincheux.

Hunter poussa un grognement de protestation.

— Il est peut-être temps d'avoir un enfant, gazouilla la femme.

Oui, elle était certainement ivre.

— Pas cette semaine, rétorqua Hunter.

Melanie s'amusait beaucoup. Elle fit un petit signe à la femme, et tira sur la main de Hunter pour l'entraîner avec elle.

Dès qu'ils se furent éloignés, elle lui demanda :

— Tu aimerais avoir des enfants, un jour ?

— Bien sûr, comme la plupart des gens. Pourquoi cette question ?

— Inutile de monter sur tes grands chevaux ! Ce n'était qu'une question, justement.

Contrairement à ce qu'il croyait, il était un homme au cœur tendre, et elle était prête à parier qu'il fondrait comme du beurre dans un four à micro-ondes devant un bébé.

— Et toi ? demanda-t-il.

— Oui, un jour, peut-être.

Elle ne ressentait pas un besoin urgent d'être mère, mais elle aimait beaucoup les enfants.

— Je pense que cette femme était ivre.

— Elle sentait effectivement le rhum, convint-il.

— Mais il n'est que 11 heures du matin !

— Elle est en vacances, Melly. Il ne faut pas juger les gens. Et pour ta gouverne, je pense que parler de notre désir ou non d'avoir des enfants n'entre pas dans le cadre d'une aventure de vacances.

Il avait raison. Mais elle avait posé la question sans aucune arrière-pensée. Elle voulait juste faire la conversation. Elle lui tapota gentiment le bras.

— Hé, j'ai juré que nous ne faisions que prendre du bon temps ensemble, et c'est ce que nous faisons.

Pourquoi ne pourrais-je pas parler de tout ce qui me passe par la tête ?

— Il n'y a en effet rien qui te l'interdise.

— Qu'est-ce que tu aimerais boire ? Une bière ? Quelque chose de plus fort ?

— Une bière. Sur notre base, en Afghanistan, l'alcool était interdit, et du coup, je me suis habitué à ne rien boire. Depuis que je suis revenu au pays, deux verres suffisent à me faire tourner la tête. Ça n'en vaut pas la peine. C'est pourquoi je préfère m'en tenir à la bière. Et toi ?

— J'aime bien le vin.

— Ah, je vois ! J'ai affaire à une poivrote ! dit-il avec un petit sourire en coin.

— Qui est impertinent, maintenant ?

— Et si nous allions plutôt prendre un bon petit déjeuner ? Je meurs de faim ! Les viennoiseries le matin sont bonnes pour les enfants et les Français ; moi, j'ai plutôt besoin d'œufs et de bacon.

— Tous les jours, il va être question de ton estomac, si je comprends bien ?

Ils se dirigèrent vers l'entrée principale de l'hôtel. Hunter lui prit la main, ce qui la surprit. Bien sûr, il voulait que tout le monde croie qu'ils étaient ensemble, mais elle l'avait déjà catalogué comme un homme qui n'aimait pas les marques d'affection en public. Même si la veille, il lui avait montré qu'il aimait beaucoup les câlins après l'amour.

Il lui décocha soudain un sourire espiègle.

— Ce n'est pas le seul besoin physique, chez moi, qui demande une satisfaction régulière.

Il avait le don d'éveiller instantanément son désir.

Comment s'y prenait-il ? Etait-elle sous l'emprise d'un sortilège vaudou ?

— A quelle fréquence ? demanda-t-elle, entrant dans son jeu.

— Matin, midi et soir.

Il était décidément d'humeur à la taquiner.

— N'exagère pas ! Je te pose sérieusement la question.

— Je suis parfaitement sérieux. C'est mon rêve.

— Trois fois par jour ? Ce n'est pas possible !

Mais elle se trompait peut-être...

Hunter lui lança un long regard en biais.

— Bien sûr que si, c'est possible. Il n'y a pas de fréquence minimum pour le sexe.

— Mais... qui a le temps pour ça ?

— J'ai dit que c'était un idéal. Au cas où il n'y ait rien d'autre à faire, comme en vacances, par exemple.

Il lui caressa la paume de la main avec son pouce.

— Pourquoi ne serait-ce pas possible ?

Oui, en effet, pourquoi...

— Hm, grommela-t-elle.

Seigneur, elle était à la fois scandalisée et intriguée par sa proposition ! Cet homme était vraiment ambitieux !

— J'avais nourri l'espoir d'un réveil en beauté, ce matin, dit-il avec un clin d'œil, mais tu t'es réfugiée sous la douche. Demain matin, il va falloir que je prenne les devants.

Elle comprit soudain pourquoi il était resté si tendu pendant la promenade. Il voulait prendre un vrai petit déjeuner et tout ce qu'elle lui avait proposé, c'était une promenade à cheval au saut du lit.

— Oh ! Je ne l'avais pas compris, s'excusa-t-elle. Tu ne m'as rien dit.

— Tu étais si enthousiaste à l'idée de cette promenade.

Tout était si bien organisé. Je ne pense pas que j'aurais pu te dissuader de faire cette excursion.

Etait-elle si prévisible ?

— Tu ne peux pas le savoir tant que tu n'as pas essayé, riposta-t-elle.

— Vraiment ?

— Vraiment. Nous pourrions retourner tout de suite dans notre chambre et voir ce qui se passe quand tu essayes.

— J'ai besoin d'abord d'un petit déjeuner.

Evidemment ! Elle s'efforçait d'être spontanée et sexy, et lui, ce qu'il voulait, c'était manger du bacon. Elle ne put s'empêcher de sourire.

— Bien sûr.

— Ensuite, il faudra te préparer à tomber à la renverse. Tu n'as rien de prévu, cet après-midi, n'est-ce pas ?

— J'espérais retourner à la piscine.

— La piscine sera encore là demain. Aujourd'hui, nous allons nous enfermer à double tour et faire pâlir de jalousie nos voisins de chambre.

Ce programme semblait plutôt prometteur.

— Allons vite te donner la dose de protéines dont tu as besoin avant d'accrocher le panneau « Ne pas déranger » à notre porte, alors !

Hunter sourit. Melanie paraissait intriguée par l'idée de passer l'après-midi au lit. Il n'arrivait pas à croire qu'elle ne l'avait jamais fait auparavant. Cela paraissait inimaginable pour une personne de son âge, même s'il ignorait quand elle était née.

— Quel âge tu as, au fait ? demanda-t-il, en lui tenant la porte du restaurant.

— Vingt-huit ans, pourquoi ?

— Simple curiosité.

Puis il ajouta, comme s'il lui devait cette information :

— J'en ai trente.

— Vraiment ? Je ne t'aurais pas donné plus de vingt-neuf ans et demi.

Elle avait renoué avec son impertinence naturelle. Il rit doucement.

— Merci. Et toi, à mes yeux, tu es sans âge, éternelle et sans prix.

— Ce genre de flatteries ne te ressemble pas du tout. Vraiment pas !

— Comment ? Tu ne me crois pas capable de galanterie ?

Il savait qu'il n'était pas galant, mais elle l'avait déjà cerné. Il était franc, parfois même trop, et ne savait pas faire de longs discours pour séduire et charmer une femme. En revanche, il pouvait lui promettre beaucoup de plaisir.

— Le costume te va très bien, mais tu n'as rien d'un James Bond. Ce dont je te suis reconnaissante. Sinon, je risquerais de mourir entre les mains d'un méchant après avoir couché avec toi. Ça semble être le destin que connaissent toutes les belles femmes qu'il rencontre.

— Toutes sont des espionnes et il le sait, mais il couche quand même avec elles. J'en serais incapable.

Il lui tira sa chaise et lorsqu'elle s'assit, il déposa un baiser dans son cou, en lui soulevant les cheveux.

— Ma chérie, murmura-t-il.

Elle gloussa, frissonnant légèrement.

— D'accord, il y a peut-être un peu de James Bond en toi, convint-elle.

Il s'assit en face d'elle, heureux de sa réaction.

— Merci.

— Donc, tu ne coucherais pas avec moi, si tu savais que j'envoyais des secrets à l'ennemi ?

— Non. Je suis un patriote. Je ne suis pas parti en mission juste pour recevoir un chèque à la fin du mois.

Il posa ses lunettes de soleil sur la table.

— Est-ce que je peux aller me chercher des œufs, maintenant ?

Il ne faisait pas une fixation sur son petit déjeuner, mais il avait sacrément faim.

— Oui, je t'en prie. Va te nourrir avant de mourir d'inanition.

Elle lui lança un sourire doux et tendre à la fois. Comme si elle l'aimait bien. Comme si elle tenait à lui. Une sirène d'alarme retentit aussitôt dans son esprit à cette idée, mais il préféra l'ignorer. Leur marché était clair : ils ne faisaient que passer un peu de bon temps ensemble. Pourquoi s'inquiéterait-il que Melanie s'attache à un type comme lui, qui ne méritait pas son affection ? Il n'avait aucune raison de ne pas profiter de sa compagnie et de son attention désintéressée à son égard.

— Merci, dit-il, en se levant.

Il se dirigea vers le buffet international, déterminé à revenir à sa place avec la plus grosse assiette de nourriture. Il revint avec une montagne de victuailles : des crêpes, un burrito, des harengs fumés et des pancakes aux pommes de terre… Une victoire pour son estomac !

Melanie se contenta d'une tasse de café et de quelques morceaux de melon, qu'elle grignota. Il la contempla, stupéfait. La vie serait beaucoup plus simple pour lui s'il pouvait se contenter de quelques fruits, mais cette éventualité n'était pas près de se produire.

Après avoir terminé son petit déjeuner, il se sentit

infiniment mieux, mais aussi coupable d'avoir été si grincheux durant la promenade à cheval.

En quittant le restaurant, il proposa à Melanie de faire un tour dans les boutiques qui étaient sur leur chemin. Certaines vendaient des cigares, d'autres des bijoux, une autre proposait du vin.

— Achetons du champagne, suggéra-t-il. Pour fêter ça.

— Pour fêter quoi ? demanda-t-elle, même si elle paraissait séduite par son idée.

— Notre libération de la neige et de ce vent glacial qui nous gèle les extrémités en trente secondes.

Il choisit une bouteille.

— On prend celle-ci ?

— D'accord.

Elle se tint très près de lui pendant qu'il payait, dans une proximité qui témoignait de leur degré d'intimité. Il se surprit à aimer cette sensation. C'était ce qui lui avait manqué, quand il était en déploiement. Avoir près de lui une personne qui lui tienne compagnie, et qu'il puisse toucher facilement, avec familiarité. Sans crier gare, il déposa un baiser sur ses cheveux.

Le terrain était glissant. Ils venaient tout juste de se mettre d'accord sur le fait que leur relation ne reposait sur rien d'autre que sur le sexe et pourtant, ils semblaient aspirer tous les deux à plus d'intimité.

— C'est votre anniversaire ? leur demanda la vendeuse d'un air joyeux.

— Oui, mentit-il.

Il voulait faire de ce jour une journée particulière. Pas une journée de plus à tuer, mais un moment privilégié, où ils profiteraient de l'instant. Il était en vacances avec une femme belle et sexy ; c'était une raison suffisante. Il n'était pas question de revenir sur leur marché, bien sûr.

Juste de savourer le moment présent tant que cela était possible. Melanie avait envie de parler. Il avait envie de câlins. Quel mal y avait-il à céder à ces deux envies ?

A ce stade sa vie, il n'avait pas particulièrement choisi d'être célibataire. Mais, sans le vouloir, il avait tout fait à l'envers. Il avait essayé de bâtir une histoire avec Danielle, alors qu'il passait la moitié de son temps à l'étranger, et maintenant qu'il était de retour et désirait vraiment vivre en couple, il était seul. Ce n'était pas du tout ce qu'il avait prévu, mais il sentait au fond de lui qu'il avait raison de vouloir faire un bout de chemin seul. Si ses relations avaient toutes été vouées à l'échec, il devait y avoir une raison et d'après son analyse, leur principal dénominateur commun, c'était lui. Il devait donc découvrir les raisons de ses échecs, avant de se lancer dans une nouvelle relation durable.

En entendant son mensonge, Melanie se racla bruyamment la gorge, mais ne protesta pas.

— Formidable ! s'enthousiasma la vendeuse, en emballant leur achat. Félicitations ! Vous fêtez combien d'années ensemble ?

— Cinq ans, répondit Hunter avec toujours autant de naturel, tout en prenant la bouteille. Merci, nous allons retourner dans notre chambre.

— Vous avez bien de la chance, dit la jeune femme, en faisant un clin d'œil à Melanie qui se mit à rire.

— Tu es vraiment terrible ! dit-elle, tandis qu'ils sortaient du magasin.

Il lorgna vers le magasin de cigares.

— Ça te dérange, si j'en achète un ?

— Non, pas du tout. Je vais m'acheter un collier avec un dauphin pour rapporter un souvenir de ce voyage.

Il lui donna une petite tape sur les fesses, en lui murmurant à l'oreille :

— Je vais te donner d'autres choses dont tu pourras te souvenir, ma chérie.

Elle leva les yeux au ciel et se contenta de lui sourire. Il l'imita. Ils étaient comme deux idiots qui se souriaient.

Pensif, Hunter se dirigea vers le magasin de cigares et essaya de se concentrer sur le choix qui s'offrait à lui, tout en se demandant pourquoi il avait proposé à Melanie de faire du shopping, alors qu'ils pourraient déjà être dans leur chambre. Sans doute parce qu'il était important qu'il contrôle sa libido et qu'il laisse à Melanie le soin de donner le rythme.

Après cinq minutes de discussion avec le vendeur et un passage dans la cave à cigares, Hunter avait le sentiment de mieux pouvoir s'amuser avec Melanie, tout en gardant la bonne distance émotionnelle avec elle pendant les cinq jours à venir. Il n'y avait aucune confusion possible. Ils ne fêtaient aucun anniversaire. Ils n'étaient pas un couple. Se jouer mutuellement la comédie révélait un peu trop de ce qu'ils désiraient tous les deux, et il valait mieux l'éviter. Pour leur bien à tous les deux.

Après avoir acheté son cigare, il se dirigea vers la bijouterie. Il trouva Melanie face à dix-sept colliers exposés devant elle. Tous présentaient comme ornement un dauphin, dans des dispositions variées.

— Lequel est-ce que tu choisirais ? demanda-t-elle.

— Eh bien… je ne sais pas.

A ses yeux, ils étaient tous identiques. Ils représentaient tous un dauphin en plein saut monté sur une chaîne. Mais il savait aussi que Melanie était une femme méthodique qui aimait poser beaucoup de questions. Il craignait surtout qu'ils y passent plus d'une heure, s'il ne lui donnait pas son opinion.

— Que penses-tu de celui-ci ? dit-il, montrant un dauphin qui paraissait plus joueur que les autres.

— Tu ne crois pas qu'il est trop grand ? demanda-t-elle, l'air soucieux.

— Si, tu as raison.

Il commençait à comprendre. La question absurde de Melanie voulait simplement dire qu'elle n'aimait pas sa proposition.

— J'aime beaucoup celui-ci, avança-t-il prudemment.

Il en choisit un au hasard et le tendit à la vendeuse.

— Pouvez-vous l'emballer, s'il vous plaît ?

Melanie se raidit et poussa un petit cri de protestation.

— Mais je ne suis même pas sûre que ce soit celui que je veux !

— Celle qui hésite finit sans collier. Contente-toi d'en choisir un. Tu n'achètes pas une maison, ma chérie.

Il lui forçait probablement un peu trop la main, mais il avait remarqué qu'elle avait la fâcheuse tendance à réfléchir et réfléchir encore, sans jamais être vraiment satisfaite du résultat.

— Mais…

Il sortit son portefeuille et tendit sa carte de crédit à la vendeuse, priant pour que le collier ne coûte pas deux mille dollars, ou plus.

— Tu n'as pas à me l'offrir ! protesta encore Melanie.

— Non, mais j'en ai envie.

En voyant le montant s'afficher sur la caisse, il s'aperçut avec soulagement qu'il ne coûtait que vingt-cinq dollars. Il pouvait se le permettre, même s'il était prêt à s'endetter, si cela pouvait aider Melanie à se détendre et à lâcher prise.

Il se pencha vers elle et l'embrassa sur la tempe dans un geste qui contredisait tout ce qu'ils venaient de se dire. Bon sang ! Il sortait complètement de la zone réservée aux aventures sans lendemain. Il remercia machinalement la vendeuse tandis qu'elle lui tendait le paquet. Cela ne présageait rien de bon. Rien du tout…

Mais Melanie lui décocha un sourire radieux et il se dit alors que son geste en valait vraiment la peine.

— Si tu insistes, dit-elle.

Puis elle le surprit en l'embrassant légèrement sur la bouche devant la vendeuse.

— Tu es prêt ? ajouta-t-elle.

Oui, il était prêt. Prêt à se protéger et à regarder les choses en face. Prêt à s'assurer que les barrières de ses émotions étaient bien en place. Prêt à se concentrer sur un seul et unique but : faire crier Melanie de plaisir.

— Oh que oui ! répondit-il.

Chapitre 10

Melanie était heureuse que cette journée, qui avait assez mal commencé, prenne meilleure tournure. Elle ne savait pas comment se comporter après avoir couché avec un homme qu'elle ne connaissait que depuis seize heures. Elle ignorait ce que Hunter avait dans la tête, et craignait que son impulsivité, aussi bonne qu'ait été l'expérience, ne soit prélude à problèmes.

La veille, elle s'était sentie merveilleusement bien de terminer cette journée d'enfer sur une note aussi belle, et elle ne voulait surtout pas semer la pagaille ou compliquer les choses. Ils s'étaient juré que leur histoire ne serait rien d'autre qu'une aventure sans suite, et ce serment était extrêmement libérateur pour elle.

Hunter avait raison : elle n'avait pas besoin de réfléchir autant. Cette manie la privait de beaucoup de joie à l'heure de faire des choix. Qu'il s'agisse d'un collier, d'un risotto ou d'un homme, elle finissait invariablement par se demander si elle ne s'était pas trompée dans son choix, même après avoir tourné et retourné la question dans sa tête. Elle avait la possibilité de passer les vacances les plus libératrices de sa vie, alors à quoi bon ressasser ? Elle avait rêvé d'une débauche de sexe avec Ian, mais ce qu'elle vivait allait bien au-delà ! Elle apprenait à croquer la vie à pleines dents et à ne pas s'inquiéter, tout en vivant une débauche de sexe.

Elle était donc bien décidée à retourner dans sa chambre avec Hunter et à profiter de lui, sachant que leur relation ne signifiait absolument rien.

En chemin, Hunter fit une pause, et posa la bouteille de champagne par terre.

— Qu'est-ce que tu fais ? demanda-t-elle.

Il chercha le collier au fond du sac et sortit le paquet.

— Je me disais que tu aurais peut-être envie de le porter.

Il défit le fermoir, vint se placer derrière elle, et lui attacha le bijou autour du cou.

— Merci, dit-elle, frémissant en peu en sentant ses doigts frôler sa nuque.

Puis il lui souleva les cheveux et déposa un tendre baiser sous son oreille.

— Mais de rien…

Ses cheveux tombèrent sur ses épaules et Hunter s'écarta d'elle. Melanie se demanda soudain si elle avait vraiment rêvé d'une orgie de sexe avec Ian, en préparant ces vacances, ou de gestes comme celui-ci. Une caresse, un baiser. Il était si naturel d'avoir envie qu'un homme touche votre peau, caresse vos cheveux ! Lorsqu'elle était enfant, elle adorait être coiffée, se rouler dans une couverture avec ses cousines, monter sur les genoux de sa mère. Une fois adulte, elle n'avait plus vraiment retrouvé cette proximité physique avec aucun des hommes qu'elle avait fréquentés.

Le fait de se dévêtir pour Ian ne lui avait pas permis

de satisfaire ce besoin, alors qu'un simple geste de la part de Hunter l'avait fait.

Vraiment, elle avait encore beaucoup à apprendre sur elle-même et sur ses besoins. Mais pour l'heure, tout ce qu'elle savait, c'était qu'elle désirait Hunter. Pour les quelques jours à venir, il était à elle. Elle avançait en terrain inconnu, en compagnie d'une personne dont elle n'attendait rien, mais elle aimait cette liberté nouvelle.

— Combien de temps est-ce que vous êtes sortis ensemble, Danielle et toi ? demanda-t-elle, songeant que le sujet était tout à fait approprié avant une sieste coquine.

Il la contempla d'un air indéchiffrable.

— Dix-huit mois. Pourquoi ?

— Par simple curiosité.

Encore une entrée en matière qui se voulait suggestive et qui tombait à plat ! Décidément, elle n'était pas très douée pour les relations hommes-femmes.

Elle caressa le collier dont le pendentif affleurait la naissance de ses seins, et se souvint qu'il lui suffisait d'apprendre à ne pas vouloir contrôler la situation. A se contenter d'en profiter.

En arrivant dans leur chambre, Hunter proposa qu'ils s'asseyent un moment sur la terrasse pour regarder les dauphins. Il sortit deux flûtes du bar, déboucha la bouteille de champagne et les servit.

Melanie se laissa tomber dans un fauteuil en soupirant de bonheur, et prit le verre qu'il lui tendait.

— Portons un toast, dit-il.

Elle crut qu'il allait ajouter quelque chose à propos du soleil, du surf et du champagne.

Mais il ne dit rien de tout cela.

— Buvons à Ian, le plus abruti des hommes que je connaisse. Je lui dois une fière chandelle.

Il était sérieux ? Qu'était-il arrivé à James Bond ? Ce héros lui paraissait pourtant beaucoup plus sexy. Mais elle rit de la plaisanterie. Hunter arrivait toujours à la dérider.

— Je ne boirai pas à Ian, déclara-t-elle.

— Et pourquoi pas ? Sans lui, nous ne serions pas ici, tous les deux.

— Je ne pense pas que le fait de me plaquer mérite qu'on porte un toast en son honneur.

Elle trinqua avec lui.

— Au plaisir. Que dis-tu de ça ?

Il la regarda d'un air surpris, mais ne dit mot. Il trinqua à son tour avec elle, avant de porter le verre à ses lèvres. Melanie but une gorgée de champagne en regardant les dauphins. Ils avaient l'air de sourire en permanence, mais elle se demanda s'ils appréciaient vraiment la compagnie de leurs congénères, ou s'ils se sentaient un peu comme elle envers ses frères humains lorsqu'elle était dans le métro : contrariée de devoir constamment partager son espace.

Soudain, l'un des dauphins monta sur le dos d'un autre.

— Oh ! s'écria-t-elle, surprise.

Elle trouvait presque étrange que cette scène se joue à quelques mètres devant elle.

Hunter éclata de rire.

— Je pense qu'on ne peut pas leur proposer de louer une chambre, dit-il, hilare.

— Nous devrions peut-être rentrer ? Ils veulent sans doute rester seuls.

Mais malgré ses paroles, elle était incapable de détacher ses yeux du spectacle, ce qui ne fit qu'accroître son malaise.

— Je ne pense pas qu'ils accordent de l'importance à

l'intimité, mais j'aimerais beaucoup que nous en ayons pour nous, déclara Hunter, en se levant et en lui tendant la main.

Melanie la prit, tout en se demandant si elle avait rougi. Elle avait très chaud. Faire l'amour avec lui était si différent de ce qu'elle avait connu avec ses précédents petits amis. Elle se sentait gênée, mais la profonde attirance qu'elle ressentait pour Hunter la faisait frémir. Les battements de son cœur s'étaient accélérés. Son souffle était plus court, plus irrégulier. Elle avait l'impression que leur éteinte de la veille n'avait été qu'un aperçu, aussi bref qu'inattendu. Cette fois, elle se doutait qu'ils allaient faire l'amour de manière plus approfondie, et elle ne s'en sentait que plus excitée et nerveuse.

Une partie d'elle voulait se jeter sur lui et l'entraîner directement au lit, une autre brûlait de repousser ses limites, de faire une expérience vraiment sensuelle. Cela n'avait plus rien à voir avec l'efficacité d'une liste de choses à faire, mais avec la sensualité.

En revenant dans la chambre, elle vida d'un trait ce qui lui restait de champagne. Hunter saisit sa flûte et la posa avec la sienne à côté de la télévision. Il fit une pause et la regarda avec un sourire aussi espiègle que sexy. Puis il posa la main sur sa joue.

— Tu es très belle. J'ai beaucoup de chance !

C'était plutôt elle qui avait l'impression d'avoir gagné le gros lot. Elle aurait pu être en train de vivre la pire semaine de sa vie, et voilà qu'elle était là, à s'amuser au-delà de toute espérance.

— Merci d'avoir sauvé mes vacances, murmura-t-elle.

— Tout le plaisir est pour moi.

Il réduisit l'espace qu'il y avait entre eux et l'embrassa. Un baiser tendre qui la prit par surprise.

Elle sentit ses épaules se détendre et entrouvrit les lèvres en soupirant. Un frémissement lui secoua le bas-ventre. Spontanément, elle enroula les bras autour du cou de Hunter et lui caressa la nuque. Ce baiser donna naissance à bien d'autres frissons. Leurs bouches dansaient un ballet au cours duquel elles se quittaient pour mieux se retrouver, et le baiser dura et dura encore… Hunter ne fit pas un geste pour l'entraîner vers le lit. Il avait posé une main sur son bras et le caressait d'un geste doux.

Melanie avait l'impression de connaître déjà sa bouche, son odeur, sa stature. Lorsqu'il se serra un peu plus contre elle, toute son anxiété avait disparu. Ils n'étaient pas pressés et avec chaque baiser, son désir se consumait comme des morceaux de braise oubliés. Cela faisait une éternité qu'elle ne s'était pas trouvée aussi étroitement serrée dans les bras d'un homme sans avoir retiré le moindre vêtement.

Finalement, Hunter laissa glisser sa main sur son bras et lui enlaça les doigts. Il porta ensuite sa main à sa bouche et traça du bout des lèvres un chemin brûlant de son poignet à son coude, puis remonta vers son épaule, avant de terminer au creux de son cou. Elle renversa la tête en arrière en frissonnant.

N'avait-il pas dit qu'il n'avait rien d'un charmeur ? Pourtant, cette attitude démentait ses propos.

S'il y avait eu de la musique, ils auraient dansé. Comme sur un tango, Melanie leva une jambe pour l'enrouler autour de Hunter et lui donner accès à toutes les parties de son corps. Il accueillit son geste avec un grognement approbateur, puis la prit au dépourvu en la soulevant dans ses bras, et en l'emmenant vers le lit.

Melanie n'avait jamais rien vécu de tel auparavant. Il l'avait soulevée comme si elle n'était pas plus lourde qu'une plume ! Sa première réaction fut de protester en mentionnant sa blessure, mais elle ne desserra pas les dents, afin de ne pas gâcher cet instant. Elle devait se contenter d'accueillir ses sensations, sans réfléchir.

Hunter l'allongea délicatement sur le lit et balaya les cheveux qui lui barraient le visage. Puis il l'embrassa de nouveau, guidant sa jambe autour de sa taille. Il se cala ainsi entre ses cuisses et elle eut tout le loisir de savourer le plaisir d'être dans ses bras et de sentir son érection contre sa hanche.

Il s'écarta et lui caressa très légèrement la poitrine, se contentant de lui frôler les seins, avant de faire subir le même traitement à son bas-ventre et à l'intérieur de ses cuisses. Ses doigts semblaient la vénérer et la rendaient complètement folle. S'il cherchait à ce qu'elle se torde de plaisir, il s'y prenait très bien !

D'un geste lent et mesuré, il défit un à un les boutons de son chemisier, prenant le temps d'embrasser chaque centimètre de sa peau dénudée. Lentement, il fit glisser sa langue sur ses seins gonflés, mais ne lui retira pas son soutien-gorge.

Il poursuivit son infernale descente jusqu'à ce que son chemisier soit entièrement ouvert, puis enroula la langue autour de son nombril. Melanie s'arc-bouta lorsqu'il traça un chemin humide vers la ceinture de son short, puis défit le bouton avec ses dents.

— Oh ! Hunter ! gémit-elle.

Il s'interrompit et, levant la tête, demanda :

— Oui ?

— Non, rien.

— D'accord, dit-il, la voix nonchalante et détendue.

Avec une désinvolture dévastatrice, il descendit la fermeture Eclair de son short si lentement qu'elle faillit écarter sa main pour le faire elle-même. Il lui faisait vivre une véritable torture ! Il finit par ouvrir le short, plongea le nez dans l'espace ainsi découvert et passa ses lèvres sur son sexe. Melanie serra les dents : seul son shorty séparait son clitoris de la chaleur de sa bouche et la tension entre ses cuisses était devenue douloureuse.

— Tu aimes jouer avec moi, pas vrai ? demanda-t-elle d'une voix entrecoupée.

— Oui. Mais je joue aussi avec moi.

— Tu pourrais réserver ton masochisme aux moments où tu es seul !

Elle ondula des hanches pour l'encourager à plus d'interaction.

— Nous avons cinq jours devant nous. Je ne veux pas précipiter les choses.

Il saisit la ceinture de son short et le fit glisser lentement le long de ses cuisses. Melanie ferma les yeux en frissonnant.

Hunter déposa ensuite un baiser sur son mont de Vénus. Son shorty était trempé, autant par la langue de Hunter que par son propre désir. Elle se sentait brûlante, humide, excitée, et lorsqu'il commença enfin à lui ôter son sous-vêtement, elle lui saisit la tête, comme poussée par le besoin de s'accrocher quelque part. Mais il le baissa à peine, ce qui ne lui laissait pas la possibilité d'écarter largement les cuisses, comme elle l'aurait voulu, ni d'offrir ainsi à ses mains ou à sa bouche un accès à son sexe. Elle était sur le point de protester vigoureusement, lorsqu'il passa une main légère sur ses parties intimes. En même temps, sa bouche se posa sur sa hanche, et elle eut alors l'impression qu'il cherchait ses limites. Instinctivement, elle souleva le bassin.

— J'aime ton goût, murmura-t-il contre sa peau. J'aime ta peau, j'aime ton odeur mêlée de soleil et de sexe.

Elle se sentit défaillir. Aucun homme ne lui avait jamais rien dit de pareil. Ce compliment était le plus étrange et le plus sexy qu'on lui ait jamais fait.

Hunter se redressa et vint déposer sur ses lèvres un baiser bref mais intense, avant de détacher son soutien-gorge et d'en faire glisser les bretelles avec ses dents. Tous ses gestes étaient emplis de sensualité. Il s'attarda en chemin sur des parties de son corps dont elle ignorait jusqu'à ce jour qu'elles étaient à ce point sensibles, comme l'intérieur de son coude et la peau fine et transparente de son poignet. Même ses paumes devenaient zones érogènes sous la langue de Hunter !

Lorsqu'il revint s'attarder sur ses seins dénudés pour en saisir les pointes entre ses lèvres, elle secoua la tête de droite à gauche et planta fermement les talons dans le matelas.

Hunter continua pourtant à prendre son temps. Il saisit un de ses seins, le caressa, le lécha goulûment, avant de l'aspirer. Il glissa son autre main dans son entrejambe pour la caresser en rythme, légèrement, renforçant le plaisir et la frustration qu'elle ressentait. Il leva vers elle des yeux alanguis avant de se redresser pour ôter son T-shirt. Melanie ne se lasserait jamais de contempler son torse. Elle passa les mains sur sa peau chaude puis, avec le gras du pouce, lui titilla les tétons.

Soudain, une idée lui traversa la tête : elle venait de trouver un moyen de le torturer à son tour !

D'un bond, elle se redressa et tendit la main vers les boutons de son short.

— He, protesta-t-il, tandis qu'elle les défaisait un à un. Qui a dit que tu pouvais faire ça ?

— Je n'ai pas besoin de demander la permission, rétorqua-t-elle avec un sourire espiègle.

Puis elle fit glisser son short jusqu'à ses genoux.

— Maintenant, c'est à moi de te goûter !

Elle eut la satisfaction de l'entendre retenir son souffle quand elle dégagea son sexe de son boxer pour le prendre dans sa main. Il s'appuya sur ses épaules.

— Qu'est-ce que tu fais, Melly ?

Ce surnom lui allait de mieux en mieux.

— Qu'ai-je l'air de faire ? demanda-t-elle.

Et sans ajouter un mot, elle referma la bouche autour de lui.

Il grogna, et la pression de ses mains s'accentua sur ses épaules.

— Tu n'es pas obligée de le faire, tu sais…

Melanie ne vit pas l'intérêt de gaspiller sa salive pour lui expliquer ce qu'elle voulait vraiment. Elle se contenterait de le lui montrer. S'aidant de sa main, elle le prit en rythme dans sa bouche, imposant un mouvement de haut en bas, et faisant de courtes pauses pour enrouler sa langue sur le bout de son sexe. Après avoir atteint un rythme sûr et régulier en se fondant sur ses gémissements de plaisir, elle lâcha son sexe et prit appui sur ses hanches pour n'utiliser que sa bouche.

— Bon sang ! grogna Hunter, en sursautant.

Mais elle l'empêcha de se retirer en le maintenant fermement, l'avalant profondément une deuxième fois. Le moment de triomphe ultime arriva lorsqu'il se mit à pousser son bassin en avant, prenant le relais en haletant. Il se perdit dans ce mouvement pendant une minute, avant de sortir complètement de sa bouche. Cette fois, elle le laissa partir. Puis elle leva les yeux vers lui, essuyant ses lèvres humides et gonflées.

Il secoua la tête.

— Tu es dangereuse, tu sais!

C'était le plus beau compliment qu'on lui ait fait.

— Je n'en suis pas désolée, répondit-elle, en souriant.

— Moi non plus.

Puis il se pencha vers elle et la poussa doucement en arrière.

Elle poussa un petit cri, perdit l'équilibre, et se laissa aller à la renverse sur le lit.

Elle n'aimait pas franchement cette position, mais Hunter vint se placer sur elle si vite qu'elle n'eut pas le temps de se sentir gênée, de protester ou de se ressaisir habilement. Hunter lui ôta alors à la hâte son shorty, qui entravait encore ses mouvements, et le lança au sol. Elle s'attendait à ce qu'il se couche sur elle et la prenne, mais il n'en fit rien. A la place, il s'agenouilla devant elle et la pénétra avec sa langue.

Elle sursauta violemment, poussa un cri, et étouffa de justesse un juron.

— Ecarte plus les cuisses, ordonna-t-il.

Aucun problème. C'était dans ses cordes.

Elle obtempéra.

— Je veux t'entendre hurler, Melly. Je veux que nos voisins de chambre t'entendent.

Non, c'était impossible. Elle ne pouvait pas faire ça...

Mais lorsqu'il glissa un doigt en elle, tout en léchant son clitoris, elle comprit que si, il était tout à fait possible de crier assez fort pour déranger les voisins. L'orgasme s'abattit sur elle avec une telle intensité que son corps se tendit comme un arc. Mais Hunter maintint fermement ses cuisses, et ne lui permit pas de rompre le rythme. A cet instant, tout était égal à Melanie, à l'exception du plaisir qu'il lui donnait.

L'agonie de l'extase laissa bientôt place à des soubresauts saccadés.

— Oh ! Hunter ! gémit-elle, éperdue de bonheur.

— Melly..., répondit-il avec un sourire victorieux.

Il vint se coucher sur elle et lui effleura brièvement les lèvres, avant de venir se placer entre ses cuisses.

Elle ignorait si elle pourrait supporter plus de stimulations, mais lorsqu'il s'aida de son sexe pour la caresser, elle comprit qu'elle était capable d'endurer bien plus de plaisir encore.

— Hunter, le pressa-t-elle, lorsqu'elle prit conscience qu'il était bien décidé à la torturer un peu plus.

— Melanie, reprit-il, imitant sa voix pour la taquiner gentiment.

En d'autres circonstances, sa retenue lui aurait paru admirable mais pour l'heure, elle se sentait uniquement frustrée. S'il voulait la taquiner, elle était elle aussi capable de le faire. Le sourire aux lèvres, elle serra fortement les cuisses, le forçant à reculer un peu.

Il releva la tête, comprenant ce qu'elle voulait faire.

— J'ai l'impression que tu cherches les ennuis, dit-il.

Elle tendit la main entre leurs deux corps et serra son sexe dans sa main.

— Les ai-je trouvés ? demanda-t-elle, endossant pleinement son rôle de femme espiègle et aguicheuse.

— Absolument !

Il lui saisit un genou et fit une pause, comme pour jauger sa réponse à un geste plus agressif.

— Laisse-moi te montrer à quel point les ennuis peuvent être plaisants.

— Je t'en prie.

C'était la première fois de sa vie amoureuse qu'elle renversait la situation avec un homme, sans que celui-ci s'en aperçoive. Et ce faisant, elle allait obtenir exactement ce qu'elle voulait !

Quand il comprit qu'elle lui donnait l'autorisation de lui écarter les jambes, il enfila un préservatif. L'instant d'après, il était en elle. Il affichait un air concentré et déterminé qu'elle trouva absolument charmant et sexy. Hunter était redevenu Bond ; ses gestes étaient calculés avec soin. Elle voulait le voir perdre le contrôle à son tour, mais cela n'était pas près d'arriver. Il prenait plaisir à lui faire l'amour, tout en maîtrisant la situation.

Leur étreinte était si agréable que Melanie était prête à accepter son pouvoir sur elle. Hunter était vraiment, *vraiment* très doué, et sa concentration était telle qu'elle avait l'impression d'être la femme la plus sexy de l'été. Lorsqu'il explosa en elle, elle planta ses ongles dans son dos et le contempla avec une immense satisfaction. Il s'effondra ensuite sur le lit en grognant, et l'entraîna sur lui.

— Tu es tellement excitante, Melanie !

— Tu ne te débrouilles pas trop mal.

Il était même le meilleur amant qu'elle ait eu, mais elle ne voulait pas trop le flatter.

Soudain, ils entendirent un grand bruit d'eau en provenance de la grotte aux dauphins.

— On dirait que ce dauphin et moi, nous avons réussi à marquer des points. J'en ressens une certaine fierté !

Merlanie gloussa.

— C'est fou l'effet que le confinement forcé peut avoir sur nous, les femmes.

— Merci. Ta réponse flatte mon ego.

Elle rit de plus belle.

— Pour nous aider à baisser la garde, je veux dire, non pour faire des choses que nous ne voulons pas faire.

— Arrête, je vais bientôt pleurer !

C'était la réponse la plus ridicule qu'elle ait jamais entendue. Elle riait maintenant si fort que leurs deux corps vibraient l'un contre l'autre.

— Je ne… peux plus… respirer…

Hunter la renversa sur le dos si vite et de manière si inattendue qu'elle manqua de s'étouffer pour de bon. Non seulement elle s'arrêta de rire, mais en croisant le regard incroyablement décidé de Hunter, elle ressentit un désir violent l'envahir de nouveau.

— Ne parle pas. Contente-toi de sentir, dit-il, traçant un chemin brûlant sur son corps avec sa langue.

Les mots lui manquèrent, rapidement remplacés par des gémissements de plaisir.

Chapitre 11

Hunter était de bien meilleure humeur à l'idée de partir faire de la tyrolienne que pour la promenade à cheval. Il venait non seulement de vivre une longue nuit de sexe avec Melanie, mais lorsqu'il s'était réveillé avec une érection, ils avaient de nouveau passé tous les deux un moment des plus agréables. Il sentait qu'elle lâchait prise, et cela l'excitait beaucoup ; il ne s'était pas autant amusé depuis très longtemps.

Ils furent plusieurs à se retrouver au parc d'aventure et commencèrent par écouter attentivement les instructions des moniteurs, Celso et Gil, qui émaillaient d'humour les consignes de sécurité qu'ils leur donnaient. Mais Hunter les écoutait d'une oreille distraite. Il ne faisait que regarder Melanie, assise à côté de lui. Le harnais qu'elle avait enfilé soulignait les parties de son corps qu'il préférait. Les sangles attiraient le regard sur le haut de ses cuisses, et, lorsqu'elle se tourna légèrement vers lui, il s'aperçut qu'elles rehaussaient allègrement ses fesses, au point de lui faire perdre la tête. Il avait cru qu'il serait sexuellement satisfait pour quelques heures au moins, après leur nuit de folie, mais plus il faisait l'amour à Melanie, plus il la désirait.

Il croisa soudain son regard inquiet, et oublia aussitôt son désir. Elle se mordillait nerveusement les lèvres et il reconnut un signe de grande nervosité.

— Qu'est-ce qui ne va pas ?

— Je ne suis pas sûre de pouvoir le faire. J'ai l'impression de… me préparer pour un saut en chute libre.

— Tu es retenue par un câble en acier, ma chérie. Et accrochée avec un mousqueton. Tout va bien. Ils font ça tous les jours avec des centaines de personnes.

Il ôta l'un des gants que le moniteur lui avait demandé de porter et lui pressa affectueusement l'épaule.

— Tu vas vivre une expérience formidable !

Elle ne semblait pas convaincue du tout.

— Peut-être vaudrait-il mieux que je reste ici.

Elle recula d'un pas et s'écarta de l'échelle qui menait à la tyrolienne. Ce faisant, elle lui heurta les cuisses.

— Oh ! s'écria-t-elle.

Il la retint.

— Doucement, murmura-t-il contre son oreille.

Il ne pouvait s'approcher plus près, car elle portait un casque de protection. Si seulement ils avaient pu être seuls ! Il chassa résolument de son esprit le souvenir de sa peau douce et chaude et de leur délicieuse proximité.

— Tu as payé assez cher pour être ici, Melly. Nous avons pris un bus, tu as signé une décharge, et tu as mis ton sac dans un casier. Si tu ne le fais pas, tu le regretteras toute ta vie.

Elle inspira profondément et leva les yeux vers lui.

— Tu as raison, complètement raison, reconnut-elle.

Il s'efforça de ne pas rire lorsqu'il la vit grimper à

l'échelle qui conduisait à la première plate-forme de saut comme si elle montait à l'échafaud.

— Tu as le vertige ? demanda-t-il, montant derrière elle.

Elle avait empoigné le garde-fou comme si sa vie en dépendait.

— Non, je ne crois pas.

Elle osa un regard furtif en contrebas.

— Si, peut-être, corrigea-t-elle.

Pendant que le moniteur lui passait l'équipement de protection et l'installait sur la plate-forme, Hunter lui serra la main pour la rassurer.

— Pense à lâcher prise, lui dit-il. Celso a tout vérifié et verrouillé. Tu es en sécurité. Tout va bien se passer.

— Nous n'avons jamais perdu un seul touriste, confirma le moniteur.

— Il y a toujours une première fois, marmonna Melanie, les joues en feu.

— Asseyez-vous, maintenant.

Melanie regarda Celso d'un air absent.

— Comment ? demanda-t-elle sans comprendre.

— Asseyez-vous. Il vous suffit de lever les pieds et de laisser le câble vous retenir.

Elle poussa un petit cri en lui obéissant. Suspendue au bout de son harnais, elle se balança d'avant en arrière.

— Tu vois ? intervint Hunter. Traverser n'est guère différent. Tu laisses déjà le câble faire tout le travail.

— Pas tout à fait, dit-elle, en lui lançant un regard paniqué. Dois-je fermer les yeux ?

— Non, garde-les ouverts.

Il se pencha vers elle et l'embrassa.

— Amuse-toi bien, ajouta-t-il.

Le moniteur la poussa alors et elle décolla en criant à pleins poumons jusqu'à la plate-forme suivante.

Hunter fit une grimace et secoua la tête, perplexe, tout en regardant Celso.

— Je ne sais pas si elle fera la prochaine traversée, dit-il.

— Tout se passera bien pour elle, répondit le moniteur. C'est à vous.

La traversée était tranquille et Hunter eut tout le loisir de contempler la cime des arbres et de profiter du vent sur son visage. Il atterrit sur la plate-forme suivante et attendit que Gil le détache pour s'inquiéter de Melanie. Il eut le plaisir de constater qu'un large sourire lui fendait le visage.

— Tu l'as fait, dit-il, soulagé. Je savais que tu y arriverais !

— J'ai eu très peur, reconnut-elle, mais c'était fantastique ! J'ai eu l'impression de voler. Impressionnant !

— Bravo !

Il était très fier de constater qu'elle s'amusait, finalement. Cela n'avait rien avoir avec lui : il voulait la voir heureuse et détendue. Etant donné qu'il l'avait encouragée à sauter, il se sentait un peu responsable d'elle et de son plaisir.

Et en parlant de plaisir… Tandis qu'elle montait sur l'estrade à quelques mètres lui, ses fesses entrèrent en gros plan dans son champ de vision. Il rêvait de les saisir à pleines mains et d'embrasser Melanie dans le cou. Aussitôt, il sentit son sexe durcir, et, avec le harnais qui mettait en évidence son entrejambe, ce n'était pas une bonne chose.

Lorsqu'il leva les yeux, Gil lui lança un regard entendu. Hunter lui répondit par un grand sourire et un haussement d'épaules.

Melanie était déjà installée sur la plate-forme suivante et se balançait. Elle paraissait nerveuse et haletait légèrement, mais son visage avait repris des couleurs. Lorsque Gil la poussa dans le vide, elle se contenta de pousser un petit cri, avant d'effectuer la traversée. Lorsque vint son tour, Hunter donna volontairement une impulsion pour se faire tourner, afin d'ajouter un peu d'excitation à la traversée et de se distraire de son érection.

A l'atterrissage, Melanie le réprimanda, tandis que Celso le détachait. Hunter était impressionné de découvrir que le moniteur déjà là. Il était également amusé par les remontrances de Melanie.

— Pourquoi tu as fait ça ! Tu aurais pu tomber !

Avec son air furibond et son menton sanglé dans son casque légèrement de guingois, elle avait l'air un peu ridicule. Elle leva vers lui un doigt dans son gant trop grand.

— Ne refais plus jamais ça !

Il fut touché qu'elle s'inquiète autant pour lui, d'autant que le risque qu'il fasse un plongeon et qu'il se tue était proche de zéro.

— Ma chérie, je ne cours aucun danger, tu peux me faire confiance.

Il se tourna vers Celso.

— N'est-ce pas ?

— Aucun danger du côté de la tyrolienne. Mais il peut très bien venir d'ailleurs, qui sait ? répondit le moniteur, en finissant d'attacher Melanie au prochain câble.

— Très rassurant, dit-elle.

Hunter se pencha vers elle. Il déposa un baiser léger sur ses lèvres, et leurs casques s'entrechoquèrent.

— J'ai survécu au combat, dit-il. Tout va bien.

— Tout est en ordre ? demanda Celso.

— Oui, répondit Hunter. Vous pouvez la lâcher.

— Mais..., objecta Melanie.

Elle semblait paniquée. Il la poussa doucement et elle décolla. Ses yeux étaient grands ouverts. Elle secoua la tête en lui décochant un sourire, puis partit dans un éclat de rire.

Fier de lui, Hunter lui sourit en retour.

Mission accomplie.

Melanie ne s'attendait pas à s'amuser autant en faisant de la tyrolienne. Sans Hunter, elle se serait très certainement désistée. Mais il l'avait encouragée et l'avait rassurée, et elle avait trouvé l'expérience aussi excitante que libératrice. Une fois dans les airs, elle avait eu l'impression d'être en apesanteur.

Sur le plan physique comme émotionnel.

Jusqu'à présent, elle n'avait pas vraiment mesuré à quel point elle était tendue, âpre à vouloir contrôler tous les aspects de sa vie et de sa relation avec Ian. La pression qu'elle avait subie en gardant le secret sur leur liaison, ses interrogations à propos des sentiments de Ian à son égard l'avaient rendue anxieuse et rigide. Sans doute cette attitude avait-elle un lien avec l'histoire d'amour qu'elle avait eue à dix-sept ans. Au cours de sa première année d'université, elle s'était lancée tête baissée et sans aucune barrière émotionnelle dans une relation désastreuse avec un étudiant en droit. Depuis ce jour, elle s'était juré de contrôler ses relations.

Aujourd'hui, il suffisait de voir où cette décision l'avait menée…

Pourtant, un peu de soleil, un garde du corps sexy et un câble en acier l'avaient aidée à se libérer de cette angoisse. Cela faisait longtemps qu'elle ne s'était pas sentie aussi bien. Peut-être depuis ses années d'université et son abominable rupture.

Hunter et elle avaient repris le bus. Ils flânaient à présent dans des boutiques de souvenirs, s'extasiaient devant des couvertures, des robes et des objets étranges.

Hunter enfila un masque mexicain strié de noir et de jaune, ce qui la fit rire aux éclats.

— Qu'est-ce qu'il y a ? demanda-t-il sous le masque.

L'artefact, trop petit pour son visage, découvrait son menton, et le trou destiné à la bouche lui arrivait au niveau de la lèvre supérieure. Il avait l'air ridicule.

— J'ai l'impression d'être un superhéros, commenta-t-il.

— Il n'y a vraiment pas de quoi ! pouffa-t-elle.

Elle releva le masque et l'embrassa.

— Je te préfère dans la peau de mon garde du corps.

Il retira le masque et le posa sur la table.

— Je manque à tous mes devoirs, en ne te surveillant pas de loin, dit-il d'une voix rauque.

Il l'attira à lui et la serra dans ses bras.

— Je préfère les méthodes plus directes, ce qui n'est pas très protocolaire, ajouta-t-il. Tu devrais me renvoyer.

Une bouffée de désir, devenue maintenant familière, la submergea, tandis que Hunter lui embrassait la tempe.

— Ce n'est pas moi qui t'ai embauché. Je ne peux donc pas te renvoyer.

— Alors c'est moi qui démissionne.

Il lui embrassa les paupières l'une après l'autre.

— Est-ce vraiment nécessaire ?

— Tu ne veux pas que je démissionne ? Tu acceptes de t'acoquiner avec le personnel ?

Il lui releva le menton et l'embrassa de nouveau.

— Tu trouves ça excitant ?

Melanie eut soudain très chaud, et cette sensation n'était pas due au soleil qui s'abattait sur eux.

— C'est toi qui m'excites, répondit-elle.

Aussitôt, elle eut le sentiment qu'il y avait quelque chose de pathétique dans cet aveu. Comme si elle était une personne ennuyeuse et triste, et qu'elle avait besoin de lui pour faire quelque chose d'intéressant.

Il parut décrypter ses émotions et lissa les plis soucieux de son front.

— Tu es excitante, Melly. Tu es la femme la plus fascinante que j'aie rencontrée, parce que tu es douce, séduisante, aimable et formidable. Tu es tout ce qu'un homme peut rêver.

Jamais elle n'avait entendu de plus belles paroles dans la bouche d'un homme. Le compliment valait plus à ses yeux que toutes les déclarations d'amour, les compliments élogieux sur son physique ou sur ses exploits sexuels que ses anciens partenaires avaient pu lui faire dans le feu de l'action. La remarque de Hunter était sincère et venait d'un homme qui n'avait rien à gagner à la flatter. Elle couchait déjà avec lui, et ils étaient convenus que leur relation n'était rien de plus qu'une aventure de vacances. Mais cela lui suffisait pour comprendre que Hunter l'appréciait. Et la respectait.

— Merci, dit-elle. Ce que tu me dis compte beaucoup pour moi.

Elle planta ses ongles dans ses épaules dans une volonté de s'accrocher fermement à lui et de sentir ses muscles sous ses mains.

— Tu as sauvé du désastre ma semaine de vacances. Si tu n'avais pas été là, je serais certainement occupée à manger n'importe quoi et à pleurer. Peut-être même à envoyer des SMS à Ian sous l'effet de l'alcool.

— Je suis heureux de t'avoir épargné ça. Il n'y a rien de pire que d'envoyer des SMS capables de te faire regretter le rhum pour le restant de tes jours.

— Sans blague !

Elle était mortifiée à l'idée qu'elle aurait pu envoyer à Ian des messages du genre : « Comment tu as pu me faire ça ? » Mieux valait ne pas plaisanter avec ça.

— Je suis sérieuse quand je te dis merci.

Il caressa le dauphin qu'elle portait autour du cou.

— Mais de rien.

L'espace d'une seconde, elle crut qu'il allait ajouter quelque chose, mais il se contenta de fermer les yeux.

— C'est quand tu veux, ajouta-t-il.

Devait-elle comprendre quelque chose de particulier ? Elle l'ignorait, mais ce qu'elle savait, c'était qu'elle allait se détendre pendant ses vacances et ce, grâce à Hunter. Inutile de songer à son retour à Chicago, ou à la reprise de son travail. Pour l'heure, elle était incapable d'imaginer le vent mordant et les trottoirs glacials qui l'attendaient. Incapable de se faire à la réalité troublante d'un retour au bureau près de son salaud d'ex-petit ami.

Ici, la brise était douce, les baisers brûlants, et elle se contentait de vivre l'instant présent.

Si, grâce à ses bons soins, Hunter parvenait à se laisser aller de la même façon, elle vivrait les vacances parfaites.

Un groupe de mariachis jouait sur la place, et l'air entraînant lui donna envie de danser et de virevolter. Elle saisit la main de Hunter.

— Danse avec moi, s'il te plaît.

— Non, je ne peux pas, dit-il, en faisant la grimace.

— Allez ! insista-t-elle, en riant. J'ai bien surmonté ma peur de la tyrolienne !

— Il n'y a pas grand-chose qui me fasse peur, Melly. Je n'en ai simplement pas envie.

— D'accord, espèce de macho, c'est noté.

Ses montées de testostérone lui paraissaient ridicules.

— De quoi as-tu peur, alors, demanda-t-elle, pour que je le sache à l'avenir ?

Elle s'attendait à ce qu'il lui parle de serpents, de sa peur de mourir ou de perdre l'usage de ses jambes. Mais son regard s'assombrit.

— Ça n'a pas d'importance.

— Pas de ça avec moi, murmura-t-elle, intriguée par son regard grave. Soit tu me le dis, soit tu danses une salsa avec moi.

— Je ne savais pas que nous jouions à Action ou Vérité.

— Je pense pourtant que c'est le cas. Alors, Action ou Vérité, Hunter ?

— Action, répondit-il, sans l'ombre d'une hésitation.

Elle ne fut pas surprise de sa réponse, même si elle était un peu déçue.

— Dansons, alors.

— Je croyais que c'était ce que nous faisions.

En effet, ils dansaient autour de leurs sentiments, de leurs relations passées et de leur avenir. Ils voulaient vivre l'instant présent, ce qui n'était pas si simple pour la majorité des gens. Melanie n'était pas certaine de connaître les pas de cette nouvelle danse, mais elle décida de fermer les yeux, de suivre le rythme, et d'en profiter autant qu'elle le pouvait.

Lorsqu'ils atteignirent la place, elle enroula les bras autour du cou de Hunter et lui murmura :

— Bouge les hanches.

— C'est ce que je fais.

Il était à peine moins raide qu'un séquoia de Californie.

— Tu bouges à peine ! se plaignit-elle.

— Dis-toi que je suis une barre et que tu peux faire autour de moi tout ce que tu veux.

— Non ! s'indigna-t-elle, en riant. Ça ne compte pas. Je ne vais pas faire du pole dance en public !

— Et en privé ? demanda-t-il d'un air espiègle.

Elle était sur le point de répondre par la négative, mais se ravisa :

— Je ne sais pas. Peut-être. Ça dépend des circonstances.

— Dis-moi lesquelles et je me débrouillerai pour qu'elles se produisent, dit-il avec une sincérité qui lui arracha un nouveau rire.

Puis elle se rappela qu'elle ne le verrait plus une fois de retour à Chicago et qu'il ne faisait que la taquiner. Elle décida de le prendre comme une flatterie, rien de plus.

— Sois un peu sérieux, le gronda-t-elle. N'essaie pas de me distraire pour ne pas avoir à danser.

Elle prit ses mains entre les siennes et lui montra comment bouger le bassin.

— Quand j'avance vers toi, tu fais un pas en arrière. Comme ça.

Elle crut qu'il allait lui résister et plaisanter de nouveau, mais il se concentra et se débrouilla admirablement bien.

— C'est exactement ça ! l'encouragea-t-elle.

— Avec toi, tout est simple, répondit-il d'une voix un peu rauque.

Tandis que la musique battait à tout rompre, des guirlandes électriques s'allumèrent sous le ciel étoilé, et d'autres couples vinrent les rejoindre. Melanie s'émerveilla de la facilité avec laquelle ils avaient trouvé un rythme. Elle et lui, ensemble.

Chapitre 12

Hunter ne se serait ridiculisé en dansant en public pour aucune autre femme que Melanie. Mais lorsqu'il croisait ses yeux limpides, il était prêt à tout accepter. En revanche, il était heureux qu'elle lui ait laissé le choix entre Action et Vérité. Il aurait préféré se couper une main plutôt que lui avouer que ce qu'il redoutait le plus, c'était de tomber amoureux d'elle.

Et il n'était pas certain de pouvoir la laisser disparaître de sa vie une fois de retour à Chicago.

Mais le reconnaître serait humiliant. Primo, parce qu'il était idiot d'avoir peur qu'une chose pareille lui arrive. C'était impossible, il la connaissait à peine ! Deuxio, parce que Melanie n'avait pas besoin qu'un homme lui complique la vie avec ses exigences, alors qu'elle sortait tout juste d'une relation malheureuse. Ce serait faire preuve d'un grand égoïsme que de lui dire qu'il voulait la revoir après leur voyage à Cancún.

De plus, il ignorait ce que cela signifiait pour lui. Voulait-il sortir véritablement avec elle, ou simplement continuer de coucher avec elle ? Il n'en savait rien. Mais la seule idée de ne plus la revoir lui vrillait le ventre.

Quand il lui avait dit qu'il n'avait pas envie d'entamer de nouvelle relation, il était sincère. Se rendre disponible pour une femme, vivre ses hauts et ses bas en gardant pour lui ses propres sentiments, et la regarder partir dès qu'elle se sentirait émotionnellement mieux… Il les choisissait toujours quand elles étaient au plus bas, les aidait à guérir, les écoutait, les encourageait. Puis elles l'abandonnaient dès qu'elles étaient de nouveau sur pied.

Il ne voulait plus de tout cela. Il ne voulait plus reproduire avec les femmes ce qu'il avait fait avec sa mère. Chacun des nouveaux compagnons de celle-ci accaparait son attention et lorsque leur relation tournait au vinaigre, elle n'en avait plus que pour son « petit homme ». Il avait appris à profiter de ces périodes pour engranger autant d'affection que possible, même si cela impliquait de passer le plus clair de son temps à la rassurer sur le fait que son ex était un salaud et qu'elle était la plus belle des femmes.

Mais avec Melanie, il ne voulait pas reproduire ce schéma. La situation de départ était pourtant identique. Elle était brisée et en colère contre Ian, et elle n'avait pas besoin qu'il vienne lui compliquer la vie. Pas plus qu'il n'avait envie d'être abandonné une nouvelle fois.

Il préférait donc se taire.

Et il dansait, même s'il avait l'impression d'être un candidat au jeu télévisé *Danse avec les stars*. Incapable de retenir le moindre pas, il se contentait de profiter du moment, tenant Melanie par la taille, la regardant sourire et se trémousser de manière très sensuelle.

— Attention à tes pas, dit-elle.

Il lui lâcha la taille, un peu confus.

— Je t'ai marché sur le pied ?

— Non, je te demande de sentir la musique.

Il ignorait comment s'y prendre.

— C'est beaucoup trop difficile pour moi, Melly, je suis désolé.

— C'est comme le sexe, pourtant.

Un programme qui lui paraissait plus prometteur… Il attendit patiemment la suite de ses explications.

— Oui ?

— Tu dois te laisser aller comme tu m'as demandé de le faire, quand nous étions au lit. Laisse la musique t'emporter. Ne réfléchis pas, contente-toi de la sentir.

Dès l'instant où il avait rencontré Melanie, il l'avait trouvée sexy. Mais le regard qu'elle lui lança à cet instant était peut-être ce qu'il avait vu de plus excitant chez elle. Car elle n'était plus hésitante. Elle n'était plus la femme qu'il fallait encourager à s'amuser. Les rôles étaient inversés. C'était elle qui avait pris le pouvoir, avec une assurance qu'il ne lui connaissait pas. Dans les mouvements de danse comme dans son attitude.

— Je ressens beaucoup de choses, murmura-t-il.

— Vraiment ? J'ai hâte de les entendre.

— D'abord, j'en ai assez de danser… A mon tour de jouer à Action ou Vérité.

Elle le fixa avec curiosité, puis haussa les épaules.

— D'accord.

Il la fit tournoyer, la prenant au dépourvu. Elle fit entendre un petit rire saccadé qui mourut sur ses lèvres, quand il l'écrasa contre son torse. Tous les hommes de la place avaient plus au moins remarqué Melanie, et il était conscient de la chance qu'il avait. Il était auprès d'elle par défaut, pour la simple raison que Ian Bainbridge était un crétin, mais cela ne voulait pas dire qu'il n'allait pas en profiter.

— Cette danse n'est même pas encore terminée! protesta-t-elle, s'agrippant à sa chemise.

— Et pourquoi pas?

— Parce que tu ne t'es pas encore laissé aller.

— Tu t'es laissée aller, quand nous étions au lit? demanda-t-il.

Elle l'avait certes fait, mais peut-être pas autant qu'il était possible. Et il était bien décidé à savoir jusqu'où il pourrait l'entraîner.

— A quatre-vingt-dix pour cent, répondit-elle.

Il la crut sur parole.

— Je me suis laissé aller à vingt pour cent en dansant. Mais si tu me permets de te raccompagner jusqu'à la chambre, je te promets de danser autant que tu voudras sur la terrasse.

— Ce n'est pas la même chose.

— Ce sera encore mieux.

Parce que danser pouvait se terminer à l'horizontale et qu'il était prêt à sauter sur cette occasion tant qu'il en avait la possibilité.

Soudain, quelqu'un les heurta brusquement et Hunter sentit un aiguillon de douleur lui traverser le bras. Il lâcha Melanie en grimaçant.

Il s'attendit à ce qu'elle s'inquiète pour lui, lui demande s'il avait mal. Qu'elle le materne comme elle l'avait fait auparavant, mais elle n'en fit rien. Elle resta debout à côté de lui, attendant que ce soit lui qui lui dise s'il pouvait gérer ou non cette douleur.

Ce fut ce simple geste, cette façon de comprendre ce dont il avait besoin qui vint à bout de ses réserves. Il avait décidément cette femme dans la peau, et peut-être même un peu dans le cœur! Elle méritait qu'il lui donne ce qu'elle désirait. Non pas une relation. Mais de merveilleuses vacances. Pour elle, il était même prêt à danser comme un imbécile.

Elle voulait se trémousser ? Il se trémousserait avec elle, puis il lui ferait l'amour si lentement qu'il lui ferait perdre la tête.

Il se moquait bien des gens qui les regardaient ou de ce qu'ils pensaient, après tout... Il fit tournoyer Melanie d'une main et elle lui sourit, tandis que sa jupe virevoltait autour d'elle. Au moment où elle lui fit de nouveau face, il la renversa en arrière.

Elle poussa un petit cri.

En croisant son regard, il eut l'impression qu'elle ne trouvait pas son geste aussi romantique que lui. Surtout lorsqu'elle tomba par terre.

Oh ! seigneur ! Il venait de tout gâcher !

— Il nous faudrait peut-être retravailler cette figure, proposa-t-il.

Elle finit par rire de sa plaisanterie.

— C'est ma faute. J'ai glissé.

Elle essaya de se relever et il lui tendit les deux mains pour l'aider.

— Tu étais si belle, quand tu tournais.

Mais elle ne semblait pas partager son avis.

— J'abandonne. Nous pouvons retourner à notre chambre, dit-elle d'un air contrit.

— Action ou Vérité ? demanda-t-il.

Il fit semblant d'essuyer sa robe et en profita pour lui tapoter les fesses.

— Hé ! protesta-t-elle, écartant sa main. Vérité.

Il aurait dû se douter de son choix, mais cela lui convenait. Il était curieux de lever le voile sur une ou deux choses la concernant.

— Tu aimais Ian ? demanda-t-il alors.

Bizarrement, ce n'était pas du tout la question qu'il voulait lui poser. Mais les mots étaient sortis tous seuls de sa bouche, et il étouffa un juron. Le moment était très mal choisi.

— Quoi ? demanda Melanie, l'air soudain désorienté. Pourquoi cette question ?

— Contente-toi de répondre.

La question avait été posée ; il devait donc faire avec, même s'il avait le sentiment qu'elle était bien trop révélatrice. C'était comme si la réponse de Melanie avait une importance à ses yeux.

Ce qui était le cas. Il détestait l'idée qu'elle ait été blessée et humiliée. Et apprendre qu'elle avait véritablement aimé Ian serait pire encore. Il aurait même probablement des difficultés à continuer cette aventure de vacances avec elle. Il culpabiliserait, éprouvant le pénible sentiment de faire quelque chose de mal.

Il voulait que leur relation soit un choix libre et conscient de sa part, non pas une façon de conforter son ego ou de rendre la pareille à son ex.

Elle le regarda fixement et s'humecta les lèvres. Puis, lentement, elle secoua la tête.

— Non, je n'aimais pas Ian. Ça fait de moi quelqu'un d'horrible, non ?

Le soulagement instantané qui l'envahit fut rapidement remplacé par une certaine confusion.

— Pourquoi ? Non, bien sûr que non !

Elle commença à se diriger vers l'hôtel et il lui prit la main, désireux de la toucher et de sentir la chaleur de son corps près du sien. Il avait envie de la protéger, et cela n'avait rien à voir avec sa fonction de garde du corps, ce qu'il n'était plus vraiment.

— Parce que j'étais avec lui sans l'aimer.

C'était une logique féminine qu'il comprenait mal.

— Personne ne commence une relation en étant amoureux, Melly. Ce sentiment croît à mesure qu'on dépasse l'attirance qu'on ressent au départ. Si tout le monde jetait l'éponge au bout de quatre semaines, nous passerions sans arrêt d'une relation à une autre.

— C'est vrai. Mais j'ai l'impression qu'à ce stade de notre relation, j'aurais dû l'aimer.

Cette remarque finit de l'achever.

— Mais c'est un salaud ! Pourquoi aurais-tu envie d'aimer un salaud ?

— Là n'est pas la question.

Il avait appris à ses dépens que même s'il ignorait ce que pensait une femme, il ne fallait jamais le lui avouer, juste se contenter de faire entendre un murmure évasif et de passer à autre chose.

— Hmm… Tu veux prendre un taxi ? demanda-t-il.

— Non, je préfère marcher. A condition que le chemin soit assez sûr pour toi.

— Je suis certain que nous ne craignons rien. Nous sommes dans la rue principale, zone touristique par excellence…

— Parfait. Alors, Action ou Vérité ?

— Attends un peu. Il y a un deuxième round ?

— Bien sûr. Une seule fois, ce n'est pas drôle, tu ne trouves pas ?

— Tu as raison, répondit-il, un peu revigoré. Je choisis Vérité.

Elle parut surprise de son choix.

— Tu aimais ton ex-petite amie ?

Oups. Voilà qu'il se voyait retourner sa propre question.

— Tu enfreins les règles, là ! Tu as posé la même question que moi.

— Non, rectifia-t-elle avec un sourire satisfait. Je ne t'ai pas demandé si tu aimais Ian.

— Tu ne serais pas devenue un peu insolente ?

Il aimait ce trait de caractère, chez elle. Il appréciait de voir qu'elle se sentait à l'aise et sûre d'elle avec lui.

— Contente-toi de répondre à ma question. Sinon, je vais t'obliger à choisir Action, et tu risques de devoir nager nu avec les dauphins.

Très insolente, en effet.

— Tous les moyens sont bons, si je comprends bien ? D'accord, je vais répondre à ta question. Non, je n'aimais pas Danielle. Je l'appréciais, j'aimais sa compagnie, et je la respectais en tant que personne.

Ce discours lui apparut beaucoup trop… professionnel, mais c'était la vérité. Il ne lui paraissait pas particulièrement étrange d'être avec une personne dans ces conditions. Ils ne s'étaient jamais menti ni fait de promesses. Il y avait entre eux une admiration mutuelle et une franche camaraderie. Ce qui n'était pas si mal, après tout, pour commencer une histoire d'amour.

Quel mot étrange… Il n'était même pas certain d'avoir jamais compris ce qu'il signifiait.

— Pourtant, tu avais envie d'être avec elle.

— Oui, parce que j'ai délibérément ignoré certains signaux. Lorsque je l'ai rencontrée, elle venait de mettre un terme à une relation destructrice, et elle avait besoin de se confier, de se sentir écoutée avec bienveillance. Elle a donc commencé à me parler de ses sentiments sans me poser de questions. Ensuite, elle a attendu de moi que je me confie de la même manière et s'est sentie frustrée que je ne le veuille pas.

— Je ne comprends pas pourquoi elle t'a quitté une fois que tu es rentré au pays. Pourquoi avoir attendu ?

— Elle aimait peut-être l'idée d'être avec quelqu'un, de pouvoir dire qu'elle avait un petit ami parti en mission, mais la réalité n'a manifestement pas été à la hauteur de ses attentes, lorsque je suis revenu.

Etait-ce vraiment important, au fond ? Il n'en était pas du tout certain à présent.

— Je n'ai pas très bien compris ce qui s'est passé, en vérité, ajouta-t-il. En revanche, je sais que pour l'instant, je ne suis pas capable d'entreprendre une relation suivie avec une femme.

— Clairement, moi non plus, murmura-t-elle. Je suis un peu comme Danielle. Je sors d'une déception amoureuse et je te laisse me consoler.

Il était évident pour tous les deux que c'était exactement le cas. Ce n'était pas vraiment une mauvaise chose, mais ils ne pouvaient pas démarrer une relation sur cette base, même s'ils le voulaient tous les deux. Ce qui n'était pas du tout certain.

— Il n'y a rien de mal à ça, Melly. Ne te sens pas coupable. Nous nous amusons bien, tous les deux. Ce n'est pas une relation à sens unique.

Aucun doute, il passait du bon temps avec elle.

— Pour ta gouverne, quand tu m'as pris dans ta bouche, je n'ai pas du tout eu le sentiment de te consoler.

— Heureusement, car je l'ai fait pour toi.

Elle leva vers lui un regard profond et séducteur.

— A cet instant précis, même si je le voulais, je ne pourrais pas rester loin de toi, ajouta-t-elle.

— Alors ne le fais pas.

Ils étaient maintenant arrivés à l'hôtel, entièrement illuminé. De gros projecteurs en éclairaient la façade d'un blanc brillant. Il y avait de la musique, au loin. Elle résonnait dans la nuit, faisant écho au bruit des vagues s'échouant sur la plage, derrière le bâtiment.

Hunter trouva étrange que le bruit de la mer couvre celui de tous les clients. Malgré leurs efforts, la nature prenait toujours le dessus sur les hommes.

Ils n'entrèrent pas. Hunter suggéra qu'ils aillent faire une promenade sur la plage.

Les idylles étaient comme l'océan. Elles écrasaient tous les bruits générés par la vie.

Il voulait faire vivre à Melanie une idylle romantique.

Elle le méritait.

Peut-être même avait-il besoin de la lui donner autant qu'elle avait besoin de la vivre. N'avaient-ils pas connu tous les deux des relations basées sur le bon sens, la proximité et une compatibilité élémentaire, non sur la passion et l'amour ? Il ne voulait pas simplement lui donner des conseils, ou une épaule sur laquelle pleurer. Il désirait leur offrir à tous les deux la possibilité de s'évader complètement : de la neige, du passé et de la solitude.

Il se pencha vers elle et lui donna un baiser dur et dominateur. Il brûlait de goûter et de sentir ses lèvres sous les siennes.

— Etait-ce un baiser réconfortant ? demanda-t-il.

— Pas vraiment, murmura-t-elle. Il était plutôt excitant.

— Parfait, dit-il, en lui caressant la joue. Je ne veux pas te donner l'impression de profiter de ta rupture.

— Ce n'est pas le cas, protesta-t-elle. Nous y trouvons mutuellement notre compte.

— Alors, ne dis pas que je te console. Je propose que nous oubliions tous les deux les soucis qui nous attendent, une fois que nous serons de retour chez nous. Que nous profitions d'être ici. Maintenant. Toi, moi, l'eau tiède de la mer et le sable chaud. De nos peaux qui se touchent.

Cela résumait tout.

— J'avais tort, dit-elle. Tu n'es pas du tout comme James Bond. Tu es beaucoup plus éloquent !

Sa réponse, trop flatteuse, le mit mal à l'aise.

— Prenons ce chemin, veux-tu ? suggéra-t-il au lieu d'acquiescer.

Il l'entraîna doucement vers la plage.

— Tu essaies d'éviter la danse que tu m'as promise sur la terrasse ? demanda-t-elle, en lui lançant un regard suspicieux, tout en se laissant faire.

Oui, mais ce n'était pas la seule raison qui avait motivé sa décision.

— Non, bien sûr que non, se défendit-il néanmoins. Je pensais simplement qu'il aurait été agréable de tremper nos pieds dans l'eau.

— Oui, c'est vrai, dit-elle, en soupirant de bonheur. Je n'arrive pas à croire que nous ne soyons pas encore allés à la plage !

— Tu t'es inscrite à d'autres excursions ? demanda-t-il, priant pour que ce ne soit pas le cas.

Il avait bien aimé la tyrolienne. La randonnée à cheval avait été un supplice… A présent, il aspirait seulement à passer le reste de la semaine à se détendre avec elle, et à manger autant de fruits de mer et de mangues fraîches qu'il pourrait.

— Oui, j'ai prévu d'aller visiter des ruines mayas, vendredi.

En d'autres circonstances, il aurait été ravi de recevoir un petit cours d'histoire ancienne et de se cultiver. Mais tout ce que ce projet lui évoquait, c'était des heures de bus sur des chemins chaotiques avec des inconnus désireux de bavarder et de plaisanter avec lui, tout en lui vantant les mérites d'une bonne *cerveza*.

Or, pour lui, seuls les moments d'intimité avec Melanie comptaient.

— Très intéressant, dit-il.

— Nous pouvons certainement l'annuler.

Sa réponse avait de toute évidence manqué d'enthousiasme, mais il ne voulait surtout pas que son avis l'influence.

Ecartant de leur passage une feuille géante de bananier, ils passèrent devant une rangée de patios situés devant les chambres d'hôtel. Il tenta aussitôt de la rassurer.

— Non, pas question. Si tu veux vraiment faire cette excursion, ça me va… Et ce doit être le cas, puisque tu t'es inscrite.

— Il paraît que l'eau est d'un bleu remarquable, là-bas.

Cette remarque lui parut déroutante.

— L'eau d'ici est *déjà* d'un bleu remarquable, Melly.

Elle rit de bon cœur.

— Oui, mais je me suis dit qu'avec les ruines et la mer en arrière-plan, on pourrait faire de magnifiques photos.

C'était donc ça… Elle n'avait pas de réel intérêt pour ces ruines. En s'inscrivant à cette visite, elle avait cru faire plaisir à Ian. Ce salaud, cet ingrat…

— Sans doute. Tu n'as pas besoin de prendre une décision ce soir, de toute façon. Nous demanderons demain à la réception si tu peux te faire rembourser. Dans le cas contraire, nous ferons cette excursion. Je suis certain que nous apprécierons la visite.

Puis il ajouta pour la faire rire :

— Ou que nous mourrons en essayant de la faire !

Elle pouffa doucement.

— Les vacances ne se résument-elles pas à ça ?

Ils avaient atteint les limites de l'hôtel et étaient sur le point de descendre vers la plage. Hunter s'arrêta et se retourna pour la prendre dans ses bras.

— Non, voilà à quoi se résument les vacances.

Il balaya ses cheveux blonds de son visage et se pencha pour lui effleurer tendrement les lèvres.

— Au plaisir.

Il devait également reconnaître qu'il appréciait sa compagnie. Une compagnie simple et sans histoires.

Il était très étonné de constater comme les choses avaient évolué, en quelques jours. Au lieu de regarder Melanie uniquement avec les yeux du désir, quelque chose de plus profond le poussait vers elle. Il éprouvait une véritable affection pour elle, et il se demandait ce qu'il en ferait une fois de retour à Chicago. Le plus prudent, songea-t-il alors, était de s'en tenir à cette soirée.

Il lui caressa de nouveau la joue et l'embrassa, savourant le soupir de contentement qu'elle poussa, tandis qu'elle succombait à son baiser. Ils se goûtèrent et se touchèrent, leurs langues enlacées dans un ballet doux et langoureux. Tout chez elle l'excitait, son odeur comme les petits soupirs qui lui échappaient entre chaque baiser. Elle était sensuelle, belle, généreuse… Il la serra plus fort et ferma les yeux pour pouvoir se souvenir de cet instant. Se souvenir d'elle.

Lorsqu'elle leva les bras pour les enrouler autour de son cou, il fut soudain saisi de l'impérieux besoin de la prendre là, tout de suite. Le bout du chemin où ils arrivaient était privé. Ils avaient la plage à leur droite et un mur de soutènement planté d'une haie sur leur gauche. S'il l'entraînait derrière les buissons, personne ne les surprendrait, ni ne les entendrait.

Cette idée l'excita encore plus. C'était le moyen idéal d'aider Melanie à lâcher complètement prise.

Comme elle amorçait un demi-tour pour retourner vers l'hôtel, il l'arrêta.

— Mais qu... ?

— J'ai envie de t'embrasser en privé.

D'accord, c'était un petit mensonge, mais il rêvait effectivement d'un peu plus d'intimité.

— Je pensais que nous étions partis nous promener.

— C'est ce que nous faisons. Je te propose juste de faire une petite pause.

Il caressa ses seins à travers sa robe.

Elle retint son souffle.

— Laisse-moi t'embrasser, Melly...

Mais il désirait bien plus et ils le savaient tous les deux.

Les sandales de Melanie crissèrent sur le gravier tandis qu'elle reculait, sans cesser de le regarder d'un air prudent. Sa poitrine se soulevait en rythme sous le clair de lune.

— Embrasse-moi, Hunter. Où tu voudras.

Il ne se fit pas prier.

Il faisait sombre sur cette partie reculée du chemin, mais Melanie pouvait tout de même voir les yeux brillant de désir de Hunter. Elle savait ce qu'il lui demandait, et son silence était une acceptation. Peut-être ne voulait-il échanger avec elle que quelques caresses et quelques baisers, mais même pour cela, elle devait se faire violence. Elle n'avait pas l'habitude de pratiquer des ébats en plein air, même si l'endroit était discret et peu éclairé. Pour apprécier, il fallait savoir accueillir l'instant présent, le désir, et elle n'était pas très douée pour cela, avec sa manie de tout vouloir contrôler. Hunter en était conscient, mais quelque chose, en lui, faisait qu'elle acceptait de se plier à ses volontés sans se sentir vulnérable ou sans avoir l'impression d'être un objet. Il l'obligeait à lâcher prise, la faisait rire. Avec lui, elle se sentait féminine, sûre d'elle, désirable et appréciée.

Oui, c'était exactement cela. Elle avait le sentiment que Hunter l'appréciait, chose qu'elle n'avait pas ressentie chez un homme depuis une éternité.

Elle se laissa alors entraîner par son désir. Le visage de Hunter était empreint d'une telle détermination qu'elle fut contrainte de reculer jusqu'à ce que son dos heurte le mur. Le bruit sourd de son corps frottant contre le crépi déclencha en elle une vague de désir qui partit de son ventre et se propagea dans tous ses membres. Il n'y avait pas de retraite possible. Hunter allait la toucher et elle se soumettrait à lui. L'expérience était excitante, enivrante.

Il posa une main sur sa taille et caressa du bout du pouce le haut de sa cuisse. Son autre main se referma sur son sein. Elle s'attendait à ce qu'il l'embrasse, mais il préféra lécher sa lèvre inférieure. Elle s'arc-bouta contre lui dans l'espoir d'une caresse plus profonde. Il savait maintenant comment la titiller pour lui donner plus de plaisir. Il aspira sa lèvre plusieurs fois, et elle renversa la tête en arrière, fermant les yeux.

— Hunter…, murmura-t-elle.

Elle en voulait plus.

Sans même s'en apercevoir, elle avait enroulé une jambe autour de sa taille et frottait ses hanches contre les siennes. Elle sentait son érection se presser contre elle, mais l'angle ne lui offrait aucun soulagement ; il ne faisait que l'exciter et l'irriter plus encore. Pour toute réponse, il pinça doucement la pointe de son sein, tout en plongeant la langue dans sa bouche. Elle gémit, s'agrippant à ses épaules.

Avant lui, elle était consciente de son corps, mais pas de cette manière, pas de la moindre parcelle de sa peau, de toutes ses courbes, de toutes les façons de se sentir en vie. Hunter était capable de la faire frémir en lui effleurant simplement l'intérieur des cuisses, ce qu'il fit. Mais elle rêvait d'une véritable caresse. Lorsqu'il finit par glisser la main sous sa jupe, faisant écran avec son corps pour la mettre à l'abri d'éventuels regards, elle éprouva une joie profonde à sentir ses doigts sans la barrière de ses vêtements. Pourtant, il ne lui accorda pas le soulagement tant recherché. Il n'écarta pas son string. Il se contenta de l'embrasser sans relâche jusqu'à ce qu'elle sente ses jambes trembler, qu'elle se liquéfie de désir, que sa respiration devienne hachée, et qu'elle en oublie complètement le mur en béton dans son dos.

Le corps de Hunter et le sien étaient tout ce qui existait au monde.

Elle entendait au loin le murmure des vagues. La brise était chaude, et son corps plus encore.

Lorsque Hunter écarta enfin l'élastique de son string pour glisser un doigt sur ses chairs humides, elle ne put retenir un grognement de plaisir. L'espace d'une seconde, elle se sentit gênée et jeta un coup d'œil derrière lui pour vérifier que personne pouvait les voir, mais ses lèvres s'abattirent sur son sein, tandis que son pouce caressait langoureusement son clitoris. Cette fois, lorsqu'elle gémit, elle ne s'inquiéta plus d'être entendue.

— Alors ? demanda-t-il.

— Continue, souffla-t-elle.

Le plaisir était si intense qu'elle se frotta vigoureusement contre sa main. Elle bougea de plus en plus vite et perdit très vite la raison.

Soudain, Hunter lui immobilisa les hanches et la plaqua contre le mur. Elle poussa un petit cri de déception. Il souleva sa robe un peu plus haut, et baissa son string, qui tomba sur ses chevilles. Elle comprit alors ses intentions. La fille organisée, coincée qu'elle était eut un mouvement de recul. L'autre fille, celle qui se sentait si vivante avec Hunter, ne laissa pas la première donner son avis. Elle s'abandonna toute à l'instant. Elle s'abandonna toute à Hunter.

Lorsqu'il la pénétra, elle était déjà prête, ouverte et impatiente d'être prise.

Deux coups de reins suffirent à lui faire atteindre la jouissance qu'elle attendait. Elle se mordit la lèvre pour éviter de faire trop de bruit, et s'accrocha à lui avec la force du désespoir.

Il la suivit quelques instants plus tard. Puis, le souffle court, ils restèrent les yeux dans les yeux pendant un long moment, toujours intimement liés par le plaisir.

Il finit par se retirer doucement.

— Bon sang, murmura-t-il.

Il s'agenouilla devant elle et l'aida à remettre son string, embrassant au passage l'intérieur de sa cuisse. Puis il remit sa robe en place.

— Il ne manquait qu'une cascade pour que cette expérience soit la plus excitante de ma vie.

— Ça m'aurait certainement tuée, répondit-elle, sincère.

Il partit à rire, puis déposa un baiser sur son front.

— Moi aussi. Que dirais-tu d'une promenade sur la plage, maintenant ?

— Seulement si mes jambes peuvent me porter.

Elle ignorait si elle pourrait faire une promenade bucolique, à ce stade. Ses jambes tremblaient encore.

— Action ou Vérité ? demanda-t-il, ignorant ses réticences.

Il repoussa une mèche de cheveux blonds derrière son oreille.

— Ça ne compte pas rétroactivement comme Action ?

— Quoi donc ?

— Ce que nous venons de faire, dit-elle, en rougissant. Mais ses joues enflammées témoignaient surtout de leurs récents ébats et de la force de son orgasme.

— Non, ça ne compte pas. Je n'ai pas dit Action ou Vérité avant de commencer.

— Très bien. Ce sera Vérité, alors.

Il l'entraîna en lui tenant fermement la main.

Dès que leurs pieds atteignirent le sable, Melanie fut heureuse qu'il ait insisté.

— Ah, que c'est bon ! soupira-t-elle.

— C'est vrai, mais ça n'éludera pas ma question. Quelle est la meilleure expérience sexuelle que tu aies vécue ?

Elle se figea. Elle ne pouvait pas répondre à cette question parce que, en vérité, leurs étreintes étaient les expériences les plus merveilleuses qu'elle ait vécues. Pas seulement cet orgasme-là, mais toute leur aventure, depuis le début de ses vacances.

Mais le lui avouer serait pathétique. Elle ne pouvait quand même pas lui dire qu'elle avait vécu sa meilleure expérience sexuelle avec un homme qu'elle venait tout juste de rencontrer, et qui était de surcroît payé pour la protéger ! C'était beaucoup trop révélateur, et le moment n'était pas à de tels aveux.

— Je ne sais pas, répondit-elle. Laisse-moi réfléchir…

La seule chose qu'elle savait, c'était que ce qu'ils

venaient de vivre deviendrait la base de référence de sa future vie sexuelle.

Hunter ôta ses sandales et se laissa tomber sur le sable, juste en dessous de la pelouse de l'hôtel. Il l'invita à s'asseoir à côté de lui. Quelques personnes se promenaient au bord de l'eau. L'air était tiède, teinté d'une certaine fraîcheur.

Elle aurait pu se détendre, si elle n'avait pas été occupée à trouver une réponse qui n'apparaisse pas comme un parfait mensonge. Elle avait choisi Vérité, et elle aimait suivre les règles, même pour un simple jeu.

— Ta vie sexuelle est donc si longue ? plaisanta-t-il.

Elle le connaissait suffisamment, à présent, pour savoir qu'il avait recours à l'humour lorsqu'il ne savait plus quoi dire. Elle fut donc rassurée de constater qu'il n'était pas tout à fait à l'aise avec sa question, lui non plus. Dans ce cas, pourquoi l'avait-il posée ?

Peut-être parce qu'il avait envie d'entendre la réponse qu'elle craignait de lui donner.

— Tu sais bien que j'ai une longue carrière cinématographique derrière moi, plaisanta-t-elle en retour.

Sa réponse le fit rire.

— J'avais presque oublié, mademoiselle Ambrosia.

Ils pouvaient en rester là, ou elle pouvait entièrement se dévoiler à lui.

Il l'avait vue quand elle était le plus vulnérable ; il était présent lorsque Ian avait rompu avec elle par lettre interposée. Ce moment avait été le plus étrange et le plus gênant de sa vie. Il y en avait eu d'autres, depuis. Elle avait lâché prise, et s'était laissée aller à une étreinte fugace derrière une haie. Qu'elle le veuille ou non, elle s'était déjà ouverte à Hunter. Et raisonner en termes de poids et de mesures n'était pas la bonne attitude. Hunter n'était pas un homme cruel. Il n'allait pas utiliser ses propos contre elle. Alors, quelle importance si elle lui disait la vérité ? La seule façon de profiter réellement de l'instant présent, ou, dans leur cas, de cette semaine de vacances, c'était de cesser de se cacher derrière des barrières émotionnelles.

Elle caressa la paume de Hunter du bout d'un doigt.

— Je pense avoir eu une expérience normale pour une femme de vingt-huit ans. J'ai vécu plusieurs relations sérieuses, quelques aventures sans importance et un désastre amoureux.

— Oui, tout ça me semble très normal, en effet.

— A partir de là, je dirais que la meilleure expérience sexuelle que j'ai eue, c'est avec toi.

Elle crut bon d'ajouter une mise en garde au cas où sa réponse soit trop lourde à porter pour lui, et lui donne l'impression qu'elle attendait plus de lui.

— En termes d'aventure sans lendemain, je veux dire... De sexe en dehors de toute relation.

Il resta muet quelques secondes. De profil, elle vit que sa mâchoire était serrée.

— Je n'étais pas en quête d'un compliment. Je parlais de ta position préférée. Je voulais juste savoir ce qui te plaisait le plus, afin de pouvoir recommencer.

— Oh...

Elle refusa de se sentir gênée parce qu'elle en avait trop dit. Elle envisagea de développer sa réponse, de lui expliquer que tout ce qu'il lui faisait était délicieux. Mais il poursuivit :

— Avant que tu me dises à quel point tu aimes être à califourchon sur moi, il faut que je t'avoue quelque chose, Melly.

— Quoi donc ? demanda-t-elle, avec une pointe de nervosité.

Il tourna la tête vers elle et l'intensité de son regard lui coupa le souffle.

— Avec toi, le sexe est merveilleux. J'aime ton odeur, le goût de ta peau, et le son de ta voix. J'aime te voir jouir dans mes bras.

Elle était prête à jouir pour lui quand il le souhaitait !

Elle posa la tête sur son épaule.

— Je pense que ta petite amie avait tort. Tu te débrouilles sacrément bien pour exprimer tes sentiments.

Il passa un bras autour de ses épaules.

— Partager mes sentiments n'est pas un problème, quand j'ai en face de moi quelqu'un qui m'écoute.

Melanie sentit son cœur se serrer.

— Je veux bien t'écouter. Je suis très douée pour ça. Tu peux me dire tout ce que tu veux.

Il déposa un baiser sur sa tempe.

— La seule chose que j'ai envie de dire pour l'instant, c'est que je te trouve très belle. Je suis heureux que mon entreprise m'ait confié la mission de te suivre ici. Il n'y a aucun autre endroit au monde où j'ai envie d'être.

Le sable, les vagues, l'homme le plus sexy au monde qui lui disait qu'elle était belle…

Pas de doute, elle vivait vraiment les plus belles vacances de sa vie !

Chapitre 13

Hunter se plongea dans la contemplation des vagues. Même s'il aimait chaque seconde passée avec Melanie, il se demandait s'il n'avait pas commis une erreur. Il n'était pas certain de pouvoir garder ses distances avec elle. Lorsqu'elle lui avait dit, en le regardant droit dans les yeux, qu'elle était prête à l'écouter, il avait eu l'impression d'avoir enfin rencontré une femme prête à lui donner autant, sinon plus, que ce qu'elle voulait prendre.

Sa proposition était terriblement tentante, même si l'idée était mauvaise.

La tête de Melanie reposait sur son épaule, et il ressentit envers elle un très fort sentiment protecteur, un élan amoureux complètement ridicule.

Dans cette histoire, l'un d'entre eux, ou les deux, risquait de souffrir et, plus que tout au monde, il voulait épargner à Melanie toute forme de souffrance.

Elle lui enlaça les doigts et il déposa de nouveau un baiser sur son front. Son cœur se serra. Ils ne vivaient pas une simple aventure. Les sentiments qui l'animaient allaient bien au-delà du simple désir de s'amuser. Il se sentait investi. Il aimait son sourire, et il se sentait bien avec elle. S'ils se revoyaient, à Chicago, il pourrait l'emmener dîner, au cinéma, ou au bal d'ouverture de la saison de base-ball en avril.

Ce qui revenait à vouloir sortir avec elle. Sauf qu'il s'était juré de ne pas s'impliquer dans une nouvelle relation avec une femme.

Il fallait à tout prix qu'il se taise. C'était lui qui avait insisté pour que leur aventure se cantonne à Cancún, et Melanie avait approuvé. Il ne pouvait pas lui dire à présent qu'il désirait prolonger leur relation. A quoi cela rimerait-il, de toute façon ?

Il lui avait promis une relation sans attaches et aujourd'hui, il voulait quelque chose de différent ? Ce n'était pas juste.

— On peut rentrer ? demanda Melanie. Je sais que tu vas trouver ça ridicule, mais je commence à avoir un peu froid.

— Oui, c'est ridicule. Allez, viens, mon petit glaçon.

Il se leva et lui tendit la main pour l'aider à se relever.

— Si tu pouvais choisir un pays pour y vivre, tu irais où ?

Il ne s'était jamais posé la question.

— Je ne sais pas. A Key West ? Dans un endroit où il fait chaud, en tout cas, où je pourrais porter des tenues décontractées et surtout pas de costumes.

— Mais tu es très sexy en costume !

— Vraiment ? Merci, répondit-il, flatté. Et toi ? Où irais-tu ?

— Dans un pays chaud, répondit-elle, en riant. J'adore Chicago, mais mon corps ne le supporte pas !

— Et qu'est-ce que ton corps supporte ? demanda-t-il, taquin.

Elle répondit sur le même ton espiègle.

— J'ai bien une ou deux idées en tête…

— Et moi, cinq ou six.

Elle bâilla à plusieurs reprises sur le chemin du retour et lorsqu'ils arrivèrent dans leur chambre, elle s'étira, soupira et disparut dans la salle de bains. Lorsqu'elle en ressortit, elle s'était démaquillée et attaché les cheveux. Son visage était brillant et propre. En deux secondes, elle retira sa robe et enfila un pyjama.

Il n'aimait pas les pyjamas. Ils formaient une barrière entre les corps, et cela le contrariait.

— On peut juste se câliner ? proposa-t-elle.

Il n'avait rien contre les câlins, à condition d'être un panda. Mais il comprit que Melanie avait besoin d'un peu de tranquillité.

— Ah, des draps frais ! soupira-t-elle, en se glissant dans le lit. Quel bonheur !

Hunter avait connu mieux. Il se mit en caleçon et vint se coucher à côté d'elle. Elle se tortilla jusqu'à coller chaque centimètre de son corps contre lui, dans un mouvement qui n'avait rien de sexuel. C'était un talent qu'elle avait. Il ne pensait pas qu'il soit possible de se toucher à ce point sans faire l'amour. Elle avait posé la tête sur son épaule et la main sur son torse. Ses doigts jouaient si légèrement sur sa peau qu'ils le chatouillaient.

La sensation était très agréable… Il avait oublié à quel point il pouvait être relaxant d'être en contact physique avec une personne sans arrière-pensée. Il l'enlaça à son tour et déposa un baiser sur ses cheveux.

Tandis qu'elle lui embrassait tendrement le torse et lui caressait le ventre comme si c'était une seconde nature, comme si s'ils l'avaient toujours fait, il sentit peu à peu ses muscles se détendre, ignorant les sirènes d'alarme qui hurlaient dans sa tête. Ce n'était pas quelque chose d'habituel pour deux personnes qui ne faisaient qu'avoir une aventure. Pas même avec une amie avec qui il ferait l'amour de temps en temps. Ils étaient en train de franchir une limite interdite. Et pourtant, il appréciait ce moment, et ne voulait pas qu'il se termine.

Il sentit ses yeux se fermer.

— Hm, que c'est agréable, murmura-t-il, afin de l'inviter à poursuivre ses caresses.

— Ta peau est très douce. Bonne nuit, Hunter.

— Bonne nuit, Melanie.

Il tendit le bras et éteignit la lumière.

Allongé dans l'obscurité, il comprit alors que Melanie avait réussi une prouesse : elle avait dissipé sa morosité et fait en sorte qu'il se détende, simplement en étant elle-même. Grâce à son sourire et à ses caresses.

Lui aussi avait lâché prise.

Il aurait dû se sentir terrifié à cette idée ; à la place, il se sentait… heureux.

Même le raffut nocturne des dauphins qui le réveillait la nuit ne le dérangeait plus. Ces animaux étaient décidément très joyeux. Peut-être ne dormaient-ils jamais ? Comment faisait Melanie pour dormir avec un tel vacarme ? Son souffle était régulier, elle ne semblait pas dérangée.

— Si ces dauphins ne se taisent pas dans la minute qui suit, je vais les étrangler avec mon collier, dit-elle soudain.

Il éclata de rire.

— Je ne pensais pas que tu étais réveillée.

Elle soupira et ouvrit les yeux.

— Personne ne peut dormir avec autant de bruit. Que font-ils donc ?

— Je n'en sais rien, mais la personne qui a eu l'heureuse idée de les installer juste devant les chambres de l'hôtel devrait être renvoyée.

— Je suis complètement d'accord. Peut-être que si nous allumons la télévision, ça les fera fuir.

— Essayons pour voir…

Il chercha à tâtons la télécommande et la trouva sur la table de nuit. Il appuya sur le bouton Marche/Arrêt et aussitôt, une image criarde apparut à l'écran. Il plissa les yeux, se demandant s'il avait bien vu.

Puis plissa plus encore les yeux.

— Hum…

C'était un film porno. Un homme et une femme nus se livraient à des acrobaties, et les sous-titres en anglais indiquaient clairement qu'ils semblaient aimer cela.

Melanie éclata de rire.

— Il faut des sous-titres pour ce genre de film ?

Il essaya d'autres chaînes, mais tous les programmes étaient en espagnol.

— Tu parles espagnol ? demanda-t-il.

— Non, pas un mot.

— Moi non plus.

Il reposa la télécommande sur la table de nuit.

— Si on sortait un moment sur la terrasse ? Quitte à supporter les dauphins, autant profiter de l'air chaud et du hamac.

— D'accord.

Ils descendirent du lit et Melanie se tourna vers lui.

— Tu vas t'habiller ? demanda-t-elle.

— Je ne vois pas pourquoi. Les dauphins ne le sont pas.

Déjà qu'il était contraint de sortir de son lit, il n'allait pas en plus remettre un short !

— J'ai tout de même un caleçon.

Melanie lui lança un regard dubitatif.

— Il ne cache pas grand-chose.

Puis elle le surprit en tendant la main vers lui et en lui caressant les fesses.

— Hé ! protesta-t-il, ouvrant la porte de la terrasse. J'ai l'impression que les images que nous venons de voir t'ont donné des idées.

Elle leva les yeux au ciel, mais même sous le clair de lune, il vit qu'elle avait rougi. Il était si facile de la taquiner.

Comme il était facile de la prendre dans ses bras. Il monta dans le hamac, puis l'installa contre lui. Leur étreinte était aussi parfaite que dans le lit.

— Ah, voilà qui est mieux. On entend l'océan maintenant.

Il baissa les yeux sur le nez parfait de Melanie, ses lèvres douces et pleines, ses joues roses. Elle respirait la santé, la vie. Peut-être était-ce dû au soleil, ou au fait d'être en vacances, mais elle était rayonnante.

— Surtout, ne bouge pas, dit-il, descendant précautionneusement du hamac pour retourner dans la chambre.

Il revint quelques instants plus tard avec son téléphone portable. Il voulait prendre une photo d'elle dans cette position. Sans filtre. Il fit rapidement quelques réglages.

— Qu'est-ce que tu fais ? demanda-t-elle.

— Je prends une photo.

Il s'attendit à l'entendre protester, mais elle n'en fit rien. Il leva le téléphone, s'assura que son visage prenait toute la surface de l'écran.

— Tu es très belle, dit-il.

Et heureuse. Elle respirait le bonheur, et une immense bouffée de fierté l'envahit. Il n'était pas le premier responsable de son bonheur, mais il ne l'avait pas rendue malheureuse, contrairement à Ian. Pour lui, c'était déjà une victoire. Mais s'apercevoir que c'était à ce point important pour lui était très déroutant.

— Merci. Je me sens vraiment détendue.

Elle soupira.

— Prends une photo de nous aussi, afin que je puisse me souvenir de cet instant lorsque je serai de retour à Chicago, à déblayer de la neige en râlant.

— C'est dans mes cordes.

Il fit un selfie d'eux deux. L'image qui apparut alors lui serra le cœur. Ils avaient l'air d'être un couple. Proches et heureux d'être ensemble.

Il déclencha l'appareil plusieurs fois pour mieux immortaliser l'intimité de leur étreinte. Melanie esquissait un doux sourire. Puis il se tourna vers elle sans cesser de prendre des photos. Il les regarderait plus tard. Il la regarderait, elle. Avec lui. Il l'embrassa.

Ils ne parlèrent plus et se contentèrent de rester l'un à côté de l'autre, bercés par le doux balancier du hamac et par le bruit des vagues.

Hunter l'accompagna sur le site maya. Elle savait qu'il n'en avait pas envie, mais il n'avait pas dit un mot à ce sujet. Après deux journées passées à se prélasser sur la plage et à nager, elle se sentait plus détendue que jamais. Elle aimait aussi l'idée d'aller flâner dans des ruines. Hunter était assis au bord d'une falaise, les pieds dans le vide, le visage levé vers le soleil et les yeux fermés.

Manifestement, elle n'était pas la seule à avoir besoin de vacances. Hunter s'ouvrait de plus en plus à elle et semblait plus à l'aise en sa présence. Il lui avait parlé de sa mère, qui semblait vraiment une femme imprévisible, et de son désir d'adopter un chien. Ils avaient parlé de musique, de cinéma et de sport… Ils avaient abordé la plupart des sujets qui permettaient d'apprendre à connaître une personne. En le regardant maintenant, l'immense océan turquoise derrière lui, elle comprit que si elle ne le revoyait pas, une fois de retour à Chicago, il y aurait un grand vide dans son cœur.

Peut-être pourraient-ils être amis, ou seulement amants, ou un peu plus, mais ce qu'elle avait découvert au cours de cette semaine, c'était qu'elle ne voulait plus jouer la sécurité. A trop protéger son cœur, elle n'avait réussi qu'à le blesser. Si elle voulait vraiment goûter au bonheur avec un homme, il fallait qu'elle cesse de se tenir en retrait. Il fallait qu'elle se penche au-dessus du précipice, comme Hunter le faisait à cet instant.

Elle s'avança et s'assit à côté de lui.

— Salut, bel étranger.

Il ouvrit les yeux.

— Salut, la Bombe.

La remarque la fit rire.

— Melly la Bombe est un nom encore plus percutant que Melly Ambrosia.

— Personne ne te prendrait au sérieux, si tu portais ce nom, lâcha-t-il d'un air sérieux.

Il glissa furtivement la main sur son genou et le massa doucement sous sa robe.

— Faut-il vraiment que nous rentrions chez nous ? demanda-t-elle.

— Je suis prêt à m'enfuir avec toi.

Le moment était peut-être venu de parler. Si elle attendait une nuit de plus, ils monteraient dans l'avion, et plus rien n'aurait de sens. Il serait trop tard. Leurs routes se sépareraient. Tandis que Hunter retournerait travailler pour sa société de sécurité, elle devrait gérer les retombées de la fin de sa relation avec Ian.

— Malheureusement, j'aime avoir un toit au-dessus de ma tête et de quoi manger.

— C'est important, je te l'accorde.

Seigneur, elle commençait à perdre ses moyens !

— Je me disais que... peut-être... nous pourrions nous revoir, une fois de retour chez nous. Nous pourrions lâcher prise pour de bon, continuer à vivre l'instant présent.

Son cœur battait beaucoup trop fort dans sa poitrine pendant qu'elle attendait sa réponse.

Le visage de Hunter était impénétrable.

— Nous en avons déjà parlé, Melanie. Je croyais que nous étions d'accord pour dire que ce n'était pas une bonne idée.

Elle sentit son cœur se serrer, mais elle insista. Elle ne voulait pas renoncer tant qu'elle ne lui aurait pas exposé ses sentiments en toute franchise.

— Nous étions d'accord pour vivre une aventure de vacances. Mais nous n'avons jamais parlé de la possibilité ou non de nous revoir, une fois de retour à Chicago.

— Je n'ai pas envie de te faire du mal.

— Pourquoi me ferais-tu du mal ? demanda-t-elle, curieuse d'entendre sa réponse. Tu n'as pas blessé Danielle, c'est elle qui l'a fait.

— Je ne sais pas si je suis assez bien pour toi.

— C'est à moi d'en décider, tu ne crois pas ? Nous pouvons sortir de temps en temps ensemble et voir ce qui se passe.

— Du sexe, voilà ce qui va se passer.

Il se tourna vers elle et la regarda avec intensité, les mâchoires serrées.

— Nous allons passer tout notre temps libre ensemble, dit-il, et ensuite, je finirai par craquer pour toi.

— Ce serait formidable, parce que moi, j'ai déjà craqué pour toi.

Le temps s'arrêta l'espace d'une seconde.

— Et qu'est-ce que tu fais de Ian ?

— Ian ?

Leur histoire n'avait absolument rien à voir avec lui, si ce n'était qu'il illustrait à lui seul son refus de prendre des risques dès qu'il s'agissait des hommes. Elle devait faire le grand saut et renoncer à la sécurité.

— Tu travailles pour lui, précisa Hunter.

Ce n'était pas un problème.

— C'est vrai. Tu crains que je retourne avec lui ?

— Je ne sais pas.

Il paraissait contrarié.

— Tu vois, c'est quelque chose que tu devrais gérer. Je ne suis pas capable d'exprimer mes sentiments.

Elle lui embrassa tendrement l'épaule.

— Tu t'es comporté en ami avec moi, Hunter, et je n'ai pas envie que tu disparaisses de ma vie aussi vite que tu y es entré. Tu peux parler de tout ce que tu veux avec moi, ou non.

— Tu veux savoir ce que je ressens, Melanie ? Je veux que tu démissionnes. Je veux que tu entres dans le bureau de Bainbridge et que tu lui dises ses quatre vérités. Il n'avait pas le droit de te traiter comme il l'a fait, en s'imaginant qu'il n'y aurait pas de conséquences.

Elle apprécia de le voir si indigné pour elle, mais il oubliait quelque chose.

— La seule personne qui sera punie si je démissionne, c'est moi. Ian se contentera d'embaucher quelqu'un d'autre.

— Je doute que ce soit si simple.

— Tu te trompes.

A cette idée, elle sentit sa gorge se nouer.

— Ce que je fais, des centaines de personnes savent le faire. Ce n'est pas raisonnable de démissionner sans avoir un autre emploi.

— Dans ce cas, cherche un autre emploi.

Elle fronça les sourcils. Elle ne comprenait pas son âpreté soudaine.

— Pourquoi est-ce si important ?

— Je veux que tu sois valorisée et respectée.

Il se pencha et l'embrassa tendrement.

— Je ne comprends pas pourquoi Bainbridge n'a pas vu à quel point tu étais formidable.

Ces paroles lui firent l'effet d'un baume.

— Je me suis posé la même question cette semaine à propos de ton ex-petite amie !

— Oublie ce que je viens de te dire. Je suis désolé. Je n'ai pas le droit de te demander de démissionner par simple souci de droiture. Mais je persiste à croire que tu serais plus heureuse si tu te trouvais un nouveau travail.

— Je vais y réfléchir. Merci de t'inquiéter pour moi.

Elle appréciait vraiment sa sollicitude, mais elle n'était pas certaine d'avoir le choix.

Il passa son pouce sur ses lèvres et elle s'approcha plus près de lui.

— Je pense que nous sommes déjà ensemble, en fait. Tous les jours, nous prenons un peu plus cette direction.

— Je suis d'accord avec toi.

— Nous sommes fous !

Bien décidée à ce que cela ne soit pas un obstacle entre eux, elle enroula sa jambe autour de la sienne.

— Je serais folle si je te poussais du haut de cette falaise.

Il rit doucement.

— Ce serait un revirement que personne n'aurait vu venir.

Elle se blottit contre lui.

— Je pense que j'ai vécu suffisamment de revirements pour cette semaine. Je préfère m'attacher à toi pour quelque temps, si tu es d'accord.

— Je suis plus que d'accord !

Chapitre 14

— Je n'arrive pas à croire que nous retournions à la réalité, dit Melanie, caressant machinalement le dauphin autour de son cou.

Ils étaient à l'aéroport et attendaient d'embarquer. Une multitude d'émotions la secouait. Elle était très reconnaissante à Hunter de lui avoir épargné des vacances désastreuses. Elle était satisfaite de s'être véritablement détendue, d'avoir lâché prise et de s'être autant amusée. Mais elle craignait aussi qu'une fois de retour chez elle, tout cela s'évapore dans la routine du quotidien. Elle appréhendait aussi de retourner à Bainbridge Studios et d'affronter la nonchalance de Ian.

Hunter jouait avec son téléphone. Il avait remis son costume et le contraste entre le premier jour de leur rencontre et les jours qui avaient suivi était étrange. Ils avaient bouclé la boucle, mais vers quoi revenaient-ils ?

— On ne peut pas être tous les jours en vacances, dit-il.

Elle leva les yeux au ciel. Merci, monsieur Evidences ! Elle cherchait juste à être rassurée. Les hommes ne semblaient jamais comprendre que dans sa tête se déroulait un dialogue intérieur, ni surtout deviner la question cachée dans la question.

— Où est-ce que tu habites ? demanda-t-elle.

L'idée qu'une heure de trajet puisse les séparer lui traversa soudain l'esprit. Bien sûr, cela n'avait pas d'importance, puisqu'ils ne se verraient que de temps en temps.

— Lincoln Park. Et toi ?

— Wrigleyville.

Il regardait toujours son téléphone. Melanie s'imposa de garder le silence et de ne rien dire sur ses inquiétudes car c'était son problème, et non celui de Hunter. Il avait été très clair avec elle, et elle ne voulait pas gâcher la fin d'une semaine merveilleuse avec ses névroses, alors que c'était elle qui lui avait proposé de se revoir. Mais pour une maniaque du contrôle comme elle, l'important était de cocher avec efficacité des éléments de sa liste. Sortir avec Hunter : Fait. Mais les relations ne fonctionnaient pas ainsi. Elle devait se calmer, laisser les choses suivre leur cours, et voir où cela allait les mener.

Il roula les épaules et leva plusieurs fois son bras pour se détendre.

— Je vais me chercher une bière. Tu veux quelque chose ?

— Non, merci.

Elle voulait juste rester assise et se ronger les ongles.

Hunter se leva, puis se pencha et l'embrassa furtivement.

— Arrête de t'inquiéter, dit-il. Il n'y a rien que tu ne puisses pas gérer quand tu seras de retour.

Il avait autant le don de la bouleverser que de l'aider à se détendre. Elle sentit ses épaules s'affaisser en entendant ses paroles.

— Merci, dit-elle, tu as raison.

Lorsqu'il partit chercher sa bière, elle le suivit du regard. Il marchait d'un pas décidé. Il était séduisant, beau et attentionné. Elle avait vu et touché toutes les parcelles de son corps, et il avait fait de même avec elle. Elle n'était pas prête à le laisser partir. Ils avaient encore du bon temps à passer ensemble, et elle espérait du fond du cœur qu'il en viendrait à penser comme elle.

Ils avaient passé les derniers jours sur la plage, à se prélasser au soleil et à lire. Le soir, ils faisaient l'amour pendant des heures jusqu'à ce qu'ils soient épuisés et rassasiés. S'était-elle trop attachée à lui ? Attendait-elle de sa part quelque chose qu'il ne pouvait pas lui donner, comme il l'avait suggéré ?

Mais que voulait-elle exactement ?

Soudain, son téléphone sonna dans son sac. Elle le sortit. Hunter venait de lui envoyer les photos prises sur le hamac quelques jours plus tôt. Elle fut surprise de se voir les joues aussi roses, le regard aussi brillant. Comme si elle était heureuse et comblée.

Le cliché où Hunter la regardait l'étonna plus encore.

Ses lèvres s'étiraient en un doux sourire et il était penché vers elle, comme s'il ne pouvait pas s'approcher plus près.

Etait-ce à ça que ressemblait une aventure de vacances ?

Non, elle ne le pensait pas.

Non seulement elle s'était attachée à lui, mais elle était tombée amoureuse de lui.

Cette révélation lui fit l'effet d'un coup de poing. Elle était partie avec un garde du corps qui était devenu son amant et maintenant, elle était amoureuse de lui…

C'était plus fort qu'elle. Ils venaient de passer plus de six jours ensemble sans presque jamais se quitter. Ils avaient parlé, ils avaient ri. Il l'avait rassurée, consolée, encouragée. Il l'avait amenée à faire des choses qu'elle n'aurait jamais faites sans lui, comme se lancer dans le vide, explorer et libérer sa sexualité.

Elle s'était confiée à lui et de cette relation étaient nés des sentiments qu'elle n'aurait jamais imaginé ressentir pour lui. C'était une folie de tomber amoureuse d'un homme qu'elle ne connaissait que depuis une semaine ! Mais peut-être qu'en s'éloignant de la vraie vie et en passant du temps avec une personne dans une étroite intimité, on arrêtait de se protéger de peur d'être déçu. On laissait ses défenses de côté pour vraiment apprendre à connaître l'autre.

C'était ce Hunter-là qui avait ravi son cœur.

C'était ce Hunter-là qui était revenu avec sa bière et une banane, qu'il lui tendit.

— Ils ne nous donneront rien à manger dans l'avion.

Puis il lui fit un clin d'œil, et ajouta :

— Et je sais ce dont tu es capable avec une banane ! Ce n'est peut-être pas ton fruit préféré, mais c'est sans aucun doute le mien.

Elle rit de bon cœur, ce qui apaisa momentanément ses inquiétudes. Hunter savait comment s'y prendre avec elle, cela ne faisait aucun doute.

— Merci, dit-elle, posant le fruit sur ses genoux.

Hunter lorgna alors vers son entrejambe d'un air concupiscent.

Il la prendrait sûrement pour une folle si elle lui avouait qu'elle était amoureuse de lui. Il refuserait même de monter dans l'avion avec elle.

Mais il pouvait aussi lui répondre qu'il était amoureux, lui aussi.

Une hôtesse annonça le début de l'embarquement, et Hunter lui tendit la main en souriant.

— Allons-y.

Non, elle ne pouvait pas le lui dire maintenant.

Manifestement, elle n'avait pas complètement appris à lâcher prise pendant ces vacances. Elle ne pouvait pas s'exposer autant et prendre le risque de le faire fuir.

Elle se contenta donc de lui prendre la main et de lui rendre son sourire. Tout était une question de temps. Le moment venu, elle lui avouerait ses sentiments. Ce n'était pas une façon de se dérober, mais plutôt une façon stratégique d'avancer.

Après le décollage, Hunter l'invita à poser la tête sur ses genoux afin qu'elle puisse s'étendre. Elle leva les yeux vers lui en souriant.

— Quels sont tes projets pour le reste du week-end ? demanda-t-elle, dans le but non dissimulé qu'il lui propose quelque chose.

Le coin de ses lèvres s'étira, comme s'il savait exactement où elle voulait en venir.

— Tout ce que tu voudras.

Cette réponse lui convenait. Il était un peu tard pour avoir l'air réticent, mais elle avait envie de le taquiner un peu.

— J'ai prévu de faire des lessives.

— Pourquoi aurais-tu besoin de vêtements ?

Ses yeux s'agrandirent, ses narines se dilatèrent un peu, et Melanie comprit que des pensées coquines venaient de lui traverser l'esprit.

— Tu pourrais te présenter à ma porte vêtue de bottes à talons hauts, d'un manteau d'hiver, et de rien d'autre.

Il voulait donc prendre cette direction… Elle se releva, légèrement émoustillée.

— Je suis sûre qu'on peut arranger ça. Que dirais-tu de dîner demain soir chez moi ?

Elle lui servirait un bon risotto accompagné de merlot avant de le séduire. Puis, dans quelques mois, s'ils étaient encore ensemble, elle mettrait tout à plat pour savoir si oui ou non elle était vraiment amoureuse de lui.

Forte de ce plan, elle se sentit beaucoup mieux.

Tout était plus facile quand on avait un plan.

Pourtant, cette idée était en complète contradiction avec celle du lâcher-prise des vacances. De nouveau, ses émotions étaient rangées dans le même casier que celui qu'elles avaient occupé au cours des dix dernières années.

Dès qu'ils atterrirent à Chicago, elle alluma son téléphone. C'était la première fois qu'elle le regardait depuis une semaine, et elle découvrit une dizaine de mails ainsi que plusieurs SMS, dont un que Ian lui avait envoyé plusieurs jours plus tôt.

Je suis désolé.

Le message se résumait à cette banale excuse.

En laissant Hunter dans la file d'attente des taxis après un rapide baiser, elle se demanda si jouer la sécurité la ramènerait toujours au même endroit. Rien n'avait changé dans sa vie. C'était déprimant.

Il tombait de la neige fondue. Une pluie glaciale accompagnée d'un vent coupant s'abattit sur son visage lorsqu'elle descendit devant chez elle.

Soudain, elle n'était plus sûre de rien. Elle ne savait toujours pas ce qu'elle voulait. Comble du malheur, elle ignorait comment le découvrir.

S'il avait su qu'il ne reverrait pas Melanie pendant cinq jours, songeait Hunter, il l'aurait mieux embrassée en la quittant à l'aéroport. Ils avaient prévu de passer le week-end ensemble, mais en rentrant chez lui, il avait reçu un appel de son chef l'informant qu'une mission l'attendait le samedi et le dimanche. Il n'était pas en position de refuser. Lorsque la semaine de travail avait commencé, Melanie avait été très occupée de son côté. Elle avait un repas avec des amies le lundi soir et un repas professionnel le mardi. Le mercredi, à 20 heures, il gravissait enfin l'escalier qui menait à son appartement. C'était la première fois qu'il la revoyait depuis leur retour de Cancún.

Il ne fallait pas se mentir. Il se sentait à la fois excité de la revoir et mal à l'aise. Maintenant qu'ils étaient de retour, tout était différent. Il n'y avait plus de mariachis, de bikini, ni de cocktails aux fruits. Il n'y avait plus que le travail et un hiver de glace. En dehors de ces vacances, ils ne se connaissaient pas. Ils ne s'étaient même pas parlé au téléphone, se contentant de quelques SMS. A chaque jour qui passait, il sentait s'installer entre eux une certaine distance qui entamait inexorablement la complicité qu'ils avaient partagée. Il avait eu beaucoup de temps pour réfléchir et il s'était demandé si le fait de sortir avec Melanie n'était pas une erreur. Ne devrait-elle pas plutôt prendre un peu de recul et s'assurer que c'était ce qu'elle voulait vraiment, au lieu de se lancer tête baissée dans une relation avec lui si vite après sa rupture ?

Lorsqu'elle lui ouvrit la porte, elle paraissait tout aussi mal à l'aise que lui.

— Salut, dit-elle, en lui adressant un sourire timide. Entre. Tu veux un peu de vin ?

— Oui.

Non, bon sang, il ne voulait pas de vin ! Il ôta ses bottes couvertes de neige et la suivit le long d'un étroit couloir. Son appartement était petit et accueillant, mais il manquait étonnamment de personnalité. Tout était dans des tons très neutres de beige.

— Je peux ouvrir la bouteille, si tu veux, proposa-t-il.

— Je m'en occupe.

Elle pouffa et se dirigea vers la minuscule cuisine.

— Je l'ai déjà entamée, pour tout te dire. C'est mon deuxième verre.

Quelque chose n'allait pas. Il avait pourtant le sentiment de la connaître tellement bien. Mais il voyait où elle vivait pour la première fois. Elle avait des torchons décorés de pommes, ce qui lui parut très étrange. Jamais il n'aurait imaginé qu'elle puisse avoir des goûts aussi kitsch.

Il se glissa derrière elle et souleva ses cheveux pour déposer un baiser au creux de son cou. Après tout, il avait déjà caressé et goûté chaque parcelle de sa peau. Elle sursauta et en renversa son verre de vin sur le plan de travail.

Etouffant un juron, elle passa devant lui sans le regarder et alla déchirer un morceau de papier absorbant et nettoyer les dégâts.

— Je suis désolé…

Il enfonça les mains dans ses poches. Il portait toujours son manteau. Il l'enleva et le posa sur le dossier d'une chaise pour s'occuper. Il se sentait nerveux.

— Comment s'est passé le retour au travail ? demanda-t-il.

— Bien.

Elle arrêta enfin de s'agiter et se tourna vers lui pour lui tendre un verre.

— Et toi ?

Ils en étaient donc réduits à se faire poliment la conversation. Comme deux parfaits étrangers.

— C'est juste un travail, répondit-il, haussant les épaules. Maintenant, viens par ici, Melly.

— Comment ? demanda-t-elle, l'air soudain paniqué.

Elle tenait son verre vide entre eux, comme un bouclier.

— Comment ça, comment ?

La question l'avait contrarié.

— J'ai envie de t'embrasser.

— Oh ! fit-elle, en rougissant.

Elle portait un pull beige moulant, avec un col si haut qu'il n'atteindrait jamais sa peau en empruntant ce chemin. Il décida d'attaquer par-dessous. Il lui ôta son verre des mains, vida d'un trait la moitié du sien avant de le mettre de côté, et avança vers elle jusqu'à la coincer contre le plan de travail. Il croyait qu'elle allait tendre les bras vers lui, mais elle n'en fit rien. Elle avait l'air d'une proie apeurée. Aussitôt, son désir s'évanouit.

— Qu'est-ce qui ne va pas ? demanda-t-il d'un ton plus dur qu'il ne l'aurait voulu.

Il n'avait jamais transformé une aventure en relation avant ce jour et ne savait pas très bien quoi dire ni comment faire. Il n'avait d'ailleurs jamais eu d'aventure à proprement parler. Seulement quelques histoires d'un soir, puis trois relations assez sérieuses. Il se trouvait en territoire inconnu et il n'aimait pas du tout cela.

— Rien, murmura-t-elle.

Pour la première fois depuis son arrivée, elle le regarda dans les yeux.

— Je me sens gênée, c'est tout.

Ce n'était pas un début très prometteur pour leur soirée.

— Gênée par quoi ?

— Je ne sais pas.

Sa réponse ne l'aidait pas beaucoup. Il se trouvait exactement dans la situation qu'il avait tant redoutée.

— Tu veux aborder un sujet particulier avec moi ? demanda-t-il. Tu peux tout me dire, tu le sais.

Et voilà, il avait de nouveau endossé le rôle qu'il détestait : celui du conseiller !

— En fait, je n'ai pas l'impression que je doive parler de Ian avec toi.

Non, en effet, ce n'était pas une très bonne idée. Il n'avait pas du tout envie d'en entendre parler. Pourtant, si elle avait besoin de s'épancher, il ne pouvait pas lui dire non.

— Dis-moi tout ce qui te passe par la tête.

Elle se servit un autre verre pour remplacer celui qu'elle avait renversé. Elle en but une gorgée et sembla peser ses mots.

— Je lui ai dit que j'avais couché avec toi. Je sais que ce n'était pas vraiment opportun et que je n'aurais pas dû le faire sans t'en parler d'abord...

Il sentit son estomac se nouer.

— Mais tu avais envie de lui faire du mal, finit-il à sa place. Ou du moins, de bien lui faire comprendre que tu n'étais pas restée à te morfondre.

Il comprenait. Sa démarche était naturelle. Mais elle ne faisait que confirmer ses craintes : elle n'était pas capable de commencer une nouvelle relation. Pas encore. Elle avait besoin de temps pour réfléchir à ce qui s'était passé avec Ian et guérir de ses blessures. Le fait qu'elle ne l'ait pas aimé ne voulait pas dire qu'elle ne ressentait pas pour lui certains sentiments.

— Je sais que c'est mesquin de ma part.

Cet aveu mettait également en péril son emploi, mais il préféra ne pas le souligner. Elle avait l'air suffisamment misérable. Il n'allait pas alourdir son fardeau. Simplement, il fallait qu'il arrête de la voir : elle n'était pas encore prête. Et lui non plus, comprit-il. Il avait bien trop peur de la blesser à son tour. Sans compter qu'il ne pouvait pas rester planté là comme un imbécile à l'écouter lui parler de son ex, alors qu'elle ne l'avait même pas embrassé.

Ces cinq derniers jours, il n'avait pensé à rien d'autre qu'à elle ou presque, et à son désir de la revoir. Et maintenant qu'il était là avec elle, elle semblait uniquement inquiète d'avoir avoué leur aventure à Ian. C'était exactement la raison pour laquelle il aurait souhaité qu'elle se cantonne à Cancún.

— Je pense que c'est normal, dit-il, en lui prenant le verre des mains pour le poser derrière elle. Tu as passé un an avec lui et il t'a blessée.

Il se pencha vers elle et lui prit le visage en coupe. Il le scruta pour bien le mémoriser. Il voulait se souvenir de chaque instant passé avec elle, aussi court soit-il.

— Pourquoi tu me regardes comme ça ? murmura-t-elle.

Au lieu de lui répondre, il posa ses lèvres sur les siennes et lui donna le baiser le plus profond et le plus sensuel qu'il pouvait lui offrir. A travers ce baiser, il voulait tout lui dire. Qu'il la trouvait merveilleuse. Belle. Extraordinaire. Généreuse. Sexy. Il voulait qu'elle sache qu'elle avait apporté dans sa vie une énergie et un bonheur inespérés.

— Je ne te regarde pas, je te goûte, dit-il, lui mordillant légèrement le lobe de l'oreille.

Elle s'écarta de lui et lui jeta un regard soupçonneux.

— Pourquoi est-ce que j'ai l'impression qu'il s'agit d'un baiser d'adieu ? demanda-t-elle.

Hunter sentit sa gorge se serrer.

— Disons que c'est plutôt un baiser qui veut dire « Remettons ça à plus tard ».

— Plus précisément ?

Il recula d'un pas.

— Ça veut dire que tu n'es pas prête pour ça. Je ne peux pas être celui qui va t'aider à surmonter ta rupture avec Ian. J'aurais l'impression de répéter les mêmes erreurs qu'avec Danielle.

— Mais ça n'a rien à voir avec Ian ou Danielle ! dit-elle, en s'agrippant au plan de travail derrière elle. De quoi as-tu peur ?

— J'ai peur de te blesser, je te l'ai déjà dit.

— Tu me blesses déjà.

La réponse lui fendit le cœur, mais il était certain de faire le bon choix.

— Il vaut mieux le faire maintenant que plus tard. Appelle-moi quand tu penseras en avoir terminé avec Ian. Quand tu seras vraiment prête à lâcher prise.

L'espace d'une seconde, elle parut atterrée. Sa poitrine se soulevait sporadiquement. Puis ses yeux s'étrécirent.

— J'ai déjà lâché prise, contrairement à toi.

Il ignorait ce qu'elle entendait par là.

— Je n'ai rien à lâcher, répondit-il.

— C'est ce que tu crois, Hunter. Va-t'en. Laisse-moi, comme Ian. C'est si facile !

Hunter sentit la colère monter.

— Ce n'est pas juste.

— Juste ? s'insurgea-t-elle. Tu te moques de moi ? Tu sais quoi ? Tu as raison. J'ai enfreint les règles. J'en ai voulu plus, alors que dès le début, tu m'avais prévenue que je ne serais rien de plus pour toi qu'une aventure de vacances.

Il savait qu'elle parlait sous le coup de la colère, mais ses propos le rendaient furieux. Mais il ne riposterait pas.

— Appelle-moi un de ces jours, Melly.

Il saisit son manteau à la volée sur le dossier de la chaise et se dirigea vers le hall d'entrée.

— Au moins, lança-t-elle dans son dos, tu as le mérite de me dire en face que tu me quittes, et non pas par lettre !

L'espace d'une seconde, il fit une pause. Il aurait voulu lui expliquer sa décision jusqu'à ce qu'elle comprenne, mais il avait assez d'expérience pour savoir que cela ne ferait qu'aggraver les choses.

Il préféra ouvrir la porte et s'en aller, en proie à une profonde tristesse.

Chapitre 15

— Je n'arrive toujours pas à croire que tu aies couché avec Hunter Ryan ! répéta Ian pour la énième fois. Ni que tu aies ressenti le besoin de me le dire.

Melanie se passa une main lasse sur le front, espérant chasser sa migraine lancinante.

— Est-ce qu'il faut vraiment revenir sur le sujet ? Je suis juste venue dans ton bureau pour qu'on parle de tes déplacements du mois prochain.

Elle venait de passer une semaine entière avec cette tension et elle se sentait épuisée. Elle ne dormait plus, ne mangeait plus. Elle devait se forcer tous les matins pour se rendre à son bureau et écouter Ian déplorer le manque de goût manifeste qu'elle avait affiché en choisissant un garde du corps, juste après leur rupture.

Elle voulait qu'il se sente honteux. C'était la manière dont il s'était comporté avec elle qui l'avait en partie poussée à lui avouer la vérité. Il ne semblait pas comprendre qu'il ne pouvait pas blesser une personne, en mettre une autre dans une situation embarrassante, puis se comporter comme si de rien n'était. Pourtant, lorsqu'elle était retournée travailler, c'était exactement ce qu'il avait fait. Elle avait voulu lui rendre la pareille. Elle avait donc craché le morceau. Cette décision s'était avérée une regrettable erreur de jugement, car depuis ce jour, Ian ne lui laissait aucun répit.

Il était vautré dans son fauteuil qu'il s'amusait à faire pivoter. Elle saisit le dossier contenant le programme du mois à venir, qu'elle était venue lui soumettre.

— Nous venions tout juste de rompre ! reprit-il. Je ne m'attendais pas à ce que tu te jettes sur ton garde du corps cinq minutes plus tard.

Douze heures plus tard, rectifia-t-elle. Mais elle n'en dirait rien. Cela ne le regardait pas. Elle se sentait offensée qu'il condamne son comportement, alors qu'il s'était à peine excusé pour le sien. Et pourquoi partait-il du principe que c'était elle qui s'était jetée sur Hunter ?

— Tu m'as menti, Ian. Tu m'as complètement humiliée en me mettant dans un avion et en me laissant croire que nous partions pour une escapade romantique — escapade que j'ai payée d'ailleurs. Tu m'as affirmé que tu me rejoindrais un peu plus tard dans la journée. Ensuite, ce parfait inconnu que tu as embauché m'a donné une lettre de rupture dépourvue de tout sentiment, de toute forme d'excuse. Dans ces conditions, je trouve terriblement arrogant de ta part de me juger !

En se rappelant cet horrible moment dans l'avion, elle sentit la colère monter.

— Eh bien, on dirait que ce garde du corps était un bon coup, conclut Ian.

Non, pas vraiment, songea-t-elle. Enfin, tout dépendait… Elle était encore sous le coup de leur dernière entrevue. Hunter était brusquement sorti de son appartement, comme si leur histoire n'avait pas d'importance. Comme si *elle* n'avait pas d'importance. Mais il n'était pas devant elle, contrairement à Ian, et elle en avait plus qu'assez des hommes en général.

— Cette remarque est complètement déplacée ! Sache que tu m'as horriblement blessée, Ian. Si Hunter n'avait pas été là, j'aurais passé toute la semaine allongée sur un transat à pleurer. J'aurais annulé toutes mes excursions et je me serais apitoyée sur mon sort, j'aurais noyé mon chagrin en buvant des margaritas, gaspillant le plus inutilement du monde l'argent que je me donne tant de mal à gagner. Heureusement, il était là pour me tenir compagnie.

— Inutile de te vanter. J'ai compris : tu as couché avec un gars très sexy.

Qu'il était bête ! L'avait-il toujours été ?

Probablement.

— Je t'ai envoyé des SMS, continua-t-il. Si tu m'avais répondu, j'aurais sauté dans le premier avion pour venir te retrouver. J'ai presque aussitôt compris mon erreur.

— Je n'ai pas de forfait international.

Il aurait dû le savoir. Il y avait d'ailleurs beaucoup de choses qu'ils auraient dû savoir, tous les deux.

— Ce n'est pas mon problème.

Non, sans doute pas, songea-t-elle, en soupirant. Elle était en colère contre Ian pour la façon dont il l'avait traitée, mais elle était également furieuse après elle-même pour l'avoir laissé la traiter de cette façon. Se comportait-il vraiment différemment que lorsqu'ils étaient ensemble ? Pas vraiment. Certes, il avait des torts, mais elle devait aussi accepter sa part de responsabilité dans leur échec.

— C'est drôle de constater que pour un photographe, tu es incapable de voir les gens clairement.

— Ce qui veut dire ? demanda-t-il en fronçant le nez, ce qui fit bouger ses lunettes.

Elle revoyait la photo que Hunter avait prise quand ils étaient dans le hamac.

— Tu ne me vois pas.

Hunter l'avait vue, lui. Il l'avait eue dans son objectif tout le temps.

Elle fut frappée de comprendre soudain à quel point c'était vrai. Et pourtant, elle n'avait pas regardé Hunter à travers ce même prisme. Elle s'était comportée avec lui exactement de la même façon que Danielle. Elle s'était penchée sur lui et lui avait proposé de l'écouter, sans vraiment le faire.

Elle s'en voulait tellement de ne rien lui avoir dit sur ses véritables sentiments à l'aéroport ! D'avoir acquiescé, quand il avait décrété qu'elle avait besoin de temps pour y voir clair dans ses sentiments. De ne pas lui avoir dit qu'elle était absolument certaine d'une chose : que c'était lui qu'elle voulait. Elle ne ressentait pour Ian rien de plus que de l'empathie pour son égocentrisme. Elle n'avait aucun regret. Elle venait de passer une année avec lui, et elle avait appris de nombreuses et précieuses leçons. Elle n'avait pas entièrement perdu son temps.

— Je ne vois pas du tout où tu veux en venir. Tu te trompes, je te regarde, je t'ai même photographiée. J'aime la ligne de ton cou et ton petit sourire en coin. La couleur de tes cheveux est merveilleuse sous les rayons du soleil couchant.

Effectivement, il n'avait rien compris ! Il ne comprendrait peut-être jamais. Son regard de photographe était sans doute trop habitué à voir son corps et ses réactions à travers son objectif, plutôt que son âme.

— Ian…, commença-t-elle, la gorge nouée.

Elle se pencha pour poser le dossier sur le bureau.

— Je te remercie pour tout, continua-t-elle. Mais je te remets ma démission.

— Tu t'en vas ? C'est ridicule ! Pourquoi diable veux-tu démissionner ? J'ai besoin de toi, Melanie.

C'était exactement la raison pour laquelle elle ne voulait plus travailler pour lui. Elle voulait être désirée, non qu'il ait ait besoin d'elle.

— L'heure est venue, insista-t-elle. J'en ai assez de ce poste.

C'était tellement vrai… et tellement libérateur ! Les endorphines s'abattirent sur elle, et elle sentit ses joues s'embraser. Peut-être que démissionner sans avoir un autre emploi était stupide de sa part, mais elle ne pouvait plus continuer à s'exposer aux questions et aux reproches perpétuels de Ian. Elle ne pourrait pas avancer ainsi, Hunter avait raison. Il fallait qu'elle trouve un nouveau travail.

C'était ça, le lâcher-prise. Se libérer de toutes les contraintes, les attentes et les peurs qu'elle avait envers la vie.

Elle fit un petit signe de la main à Ian, tourna les talons et quitta son bureau.

Elle souriait béatement, et plusieurs collègues la suivirent du regard, l'air étonné. Elle avait réglé le problème de Ian, la question de son travail. Maintenant, il fallait qu'elle parle à Hunter. Elle en avait assez d'être Melanie, efficace et organisée. Elle était Melly, prête à changer et à aller chercher ce qu'elle voulait. La conversation absurde qu'elle avait eue chez elle avec lui ne lui convenait pas. Elle s'était confondue en excuses, alors qu'elle était surtout très nerveuse à l'idée de ne pas savoir comment lui dire qu'elle était tombée amoureuse de lui. Ils ne s'étaient rien dit d'essentiel, loin de là.

Soudain, son téléphone vibra. C'était un SMS de Ian. Ce garçon ne s'arrêterait jamais !

Je devrais faire renvoyer ce garde du corps.

Oh seigneur, non ! Non, non et non.

Elle s'était confiée à la mauvaise personne ! Au lieu d'avouer ses sentiments à Hunter, elle avait livré trop d'informations à Ian.

Un peu comme une actrice dans une comédie romantique, elle se dirigea à grands pas vers son box, tout en envoyant un SMS à Hunter. A peine avait-elle appuyé sur le bouton « Envoyer » qu'elle comprit à quel point elle était stupide : il fallait qu'elle l'appelle de vive voix. Les mots écrits sur un écran n'auraient jamais le même impact : elle était désolée qu'à cause d'elle, il soit renvoyé, et elle était amoureuse de lui. Voilà ce qu'elle voulait lui dire.

Elle attendit avec angoisse qu'il décroche, mais il ne le fit pas. Elle resta plusieurs secondes à fixer l'écran, mais il ne répondit pas plus à son SMS.

Elle avait conscience de suivre un chemin incertain. Rien ne disait qu'elle était sur la bonne voie. Lâcher prise était pour elle aussi terrifiant que nouveau. Bien décidée cependant à continuer sur sa lancée, elle commença à rassembler ses affaires, sans cesser de lorgner sur son téléphone.

Hunter regarda avec incrédulité sa mère, assise de l'autre côté de la table. Comme tous ses projets s'étaient évaporés, il s'était dit qu'il se sentirait moins bête en emmenant sa mère dîner au restaurant, ce vendredi soir. Mais elle n'arrêtait pas de le questionner ou de lui donner alternativement des conseils qu'il ne souhaitait pas spécialement entendre.

— Franchement, je n'ai jamais vraiment apprécié Danielle. Je ne comprends pas pourquoi tu en es encore à pleurer son départ.

Elle appuya sa remarque en buvant une gorgée de bière.

Avec son pull en V très échancré qui ne devait pas être assez chaud pour un mois de décembre, elle avait déjà attiré l'attention de plusieurs hommes assis au bar. Hunter en avait l'habitude. Toute son adolescence avait été ponctuée par les nombreux commentaires de ses amis sur sa mère.

— C'est vrai, Danielle a blessé mon ego. J'étais surtout déçu de ne pas retrouver un peu de compagnie en rentrant chez moi, après neuf mois au Moyen-Orient. Mais j'ai dépassé ça.

C'était vrai. Comme il l'avait dit à Melanie, c'était surtout son ego qui avait été blessé, et non son cœur.

— Ce n'est pas à cause de Danielle, poursuivit-il.

C'était à cause de Melanie qu'il se sentait si mal.

C'était à cause de sa stupide incapacité à garder ses distances. A sa grande surprise, il était tombé amoureux d'elle. Sauf qu'il ne le lui avait pas dit. Rétrospectivement, c'était peut-être une bonne chose, car un tel aveu les aurait entraînés dans une belle pagaille affective.

— Alors, pour l'amour du ciel, de quoi s'agit-il ? demanda sa mère. On dirait que quelqu'un a écrasé ton chien. C'est ton travail qui ne va pas ? Ton bras ? Tu as le droit de dire qu'il te fait mal.

— Comment sais-tu que quelque chose ne va pas ? Je suis peut-être simplement fatigué.

Elle leva les yeux au ciel.

— Tu as quel âge ? Quatre-vingts ans ? Tu n'es pas

fatigué. Je te connais, tu broies du noir. Quand tu étais petit et que tu faisais cette tête, ça voulait dire deux choses : soit tu étais contrarié, soit tu avais envie d'aller aux toilettes.

Seigneur… Il aimait vraiment sa mère. C'était une femme de caractère et grâce à elle, il était devenu un adulte responsable. En grande partie, du moins. Mais à cet instant, il regrettait d'avoir cru qu'elle le distrairait de ses sentiments pour Melanie. Ironie du sort, elle ne faisait que le mettre un peu plus dans l'embarras et l'ennuyer. La seule façon de la remettre à sa place était de jouer franc-jeu et de lui dire la vérité.

— En fait, j'ai couché avec la cliente que je devais protéger à Cancún.

Sa mère lui lança un regard surpris.

— Oh ! Et tu as été renvoyé ?

— Oui, j'ai été renvoyé.

La nouvelle de son renvoi avait été le point culminant d'une semaine en tout point horrible. Il n'en voulait pas à Melanie, même s'il aurait préféré qu'elle se montre plus discrète. Il était surtout furieux après lui-même. Il avait besoin de cet emploi. Pourtant, il avait foncé tête baissée, et s'était laissé guider par son désir sans réfléchir aux conséquences de cette aventure. Enfin, si, il y avait un peu pensé, mais cela ne l'avait pas arrêté.

— Mince ! J'espère au moins que c'était un bon coup.

— Maman !

— Quoi ? Quel homme ne voudrait pas avoir un bon coup dans son lit ?

Sa remarque le fit rire.

— Tu exagères. Tu n'es pas censée tenir ce discours devant ton fils.

— Si je ne le fais pas devant toi, devant qui alors ?

rétorqua-t-elle en haussant les épaules, le sourire aux lèvres. Je suis désolée, mon cœur, mais il est trop tard pour que je change.

— Mais je ne veux pas que tu changes.

Il l'aimait comme elle était.

— D'accord, je vais tout t'expliquer… Dans l'avion qui nous emmenait à Cancún, Melanie a appris que son petit ami venait de la quitter. Il était censé la rejoindre pour passer avec elle une semaine romantique au Mexique. A la place, il m'a confié une lettre de rupture qu'il m'a demandé de lui remettre dès que les portes de l'avion seraient refermées.

— Comment ? Quel salaud !

— Je te l'accorde. Melanie était complètement retournée par la nouvelle et lorsque nous avons atterri, une chose en a entraîné une autre et nous avons couché ensemble. Sauf que je ne m'attendais pas à me prendre d'affection pour elle. Nous avions prévu de nous revoir ce week-end, mais depuis notre retour, son comportement est devenu étrange. Elle a tout dit à son ex, qui s'avère être son patron, et j'ai été renvoyé.

— Elle couchait avec son patron et elle a couché avec son garde du corps ? J'aime beaucoup ce genre de femme !

Hunter fronça les sourcils.

— Maman, tes propos sont de nouveau déplacés.

Elle leva les deux mains.

— Tu me dis que tu as couché avec une cliente et c'est moi qui suis incorrecte ?

Effectivement, vu sous cet angle…

— Je me suis senti très mal de voir que son petit ami l'avait quittée par lettre interposée, d'autant que j'étais le messager involontaire de cette mauvaise nouvelle.

Encore maintenant, cela lui restait en travers de la gorge.

— Tu as donc décidé de la consoler en couchant avec elle…

— Non ! Pas du tout. Au début, nous nous sommes apporté un peu de réconfort, mais je me sentais très attiré par elle. J'ai appris à la connaître et à l'apprécier. Tout comme elle. Malgré ce qui venait de lui arriver, elle était de très bonne compagnie.

— Si mon petit ami m'avait fait un coup pareil, j'aurais sauté dans le premier avion pour lui dire ma façon de penser.

— Je ne doute pas que c'est ce que tu aurais fait.

Sa mère avait des idées bien arrêtées en la matière.

— Je suis impulsive et je m'emporte facilement, c'est vrai, reconnut-elle. Et ça n'a pas toujours été une bonne chose. Si je comprends bien, tu as été renvoyé et tu t'es disputé avec elle… A moins qu'elle ne soit retournée avec son ex ?

— Non, je lui ai dit qu'il valait mieux qu'on ne se voie plus. Et c'était avant d'être renvoyé.

— Pourquoi tu as fait ça ?

— Je ne voulais pas qu'elle commette une erreur, alors qu'elle venait tout juste de sortir d'une rupture.

A peine eut-il terminé sa phrase qu'il sut ce qui allait suivre.

— Donc, tu penses que le fait de sortir avec mon fils est une erreur ?

Il s'attendait exactement à cette repartie.

— Ton fils est assis devant toi, et pense qu'avoir une relation avec une femme qui sort d'une déception amoureuse est une mauvaise idée. Je ne me vois pas du tout la bousculer.

— Je pense que tu l'as déjà bousculée, si tu vois ce que je veux dire.

Il voyait... Il préféra manger une frite plutôt que redevenir l'enfant désagréable et sur la défensive qu'il avait été avec elle.

— Au cas où tu ne l'aurais pas remarqué, mes relations avec les femmes ont toutes échoué. Avec Melanie, nous nous sommes bien amusés. Fin de l'histoire.

— Ce qui explique pourquoi tu me regardes comme si je venais de te priver du bal de fin d'année. Tu as envie de la revoir ?

Il avait du mal à lui mentir. Elle lisait en lui comme dans un livre ouvert.

— Eh bien, oui, mais...

— Mais rien du tout ! Je n'ai pas élevé une mauviette !

Hunter reposa la frite qu'il s'apprêtait à manger, un goût amer dans la bouche.

— Qu'est-ce que je suis censé faire ? demanda-t-il, désorienté.

— Dis-lui que tu es prêt à tout pour lui faire oublier ce loser.

Cette conversation lui donnait mal à la tête et le sentiment d'être impuissant.

— Maman, c'est dépassé tout ça. Melanie a besoin de faire ses propres choix. Elle doit savoir ce qu'elle veut. Je ne peux pas arriver et lui dire : « Viens par ici, femme ! » Les hommes ne font plus ça, maintenant.

— Balivernes ! Tu aurais dû aller la trouver et l'emmener de force.

— Tu as vu *Officier et Gentleman* un peu trop souvent.

— Si ça a marché pour Richard Gere, ça peut marcher pour toi.

Quel raisonnement...

— Je te l'ai dit, ça ne marche pas.

— Tu ne peux pas le savoir tant que tu n'auras pas essayé. Avec moi, par exemple, ça marcherait.

Il n'en doutait pas une seule seconde. Sa mère avait tendance à exagérer, mais elle n'avait peut-être pas tort. Il ne s'était pas demandé si sa décision était dans l'intérêt de Melanie : il avait déserté le champ de bataille. Mais il l'avait fait dans l'intention de lui laisser le temps d'arriver à la conclusion qu'elle voulait vraiment sortir avec lui. Il aurait peut-être dû se comporter en macho et exposer ses revendications.

— Elle m'a appelé et m'a laissé un message me disant qu'elle souhaitait me parler.

— Ce n'est pas le moment de parler. C'est le moment d'agir, dit-elle, levant le poing. Tu as des sentiments pour elle ? Ou bien n'es-tu intéressé que par ses jolies fesses ?

Tant de crudité l'horrifiait. Il répondit cependant :

— Je pense que je suis amoureux d'elle.

Oui, Melly était une femme inoubliable, douce et généreuse.

Sa mère prit un air suffisant.

— Il était temps ! Je commençais à me dire que tu avais un glaçon à la place du cœur. Aucune femme n'a jamais réussi à te faire fondre, mais à te voir, on dirait un bonhomme de neige devant une cheminée. J'adore cette image.

— Je suis heureux que mon chagrin t'amuse.

— Ne sois pas aussi mélodramatique.

Elle tendit la main et lui pressa doucement les doigts.

— Je suis heureuse pour toi, gros balourd. Je veux te voir heureux, amoureux. Je veux que tu songes à te marier et à avoir des enfants. C'est tout.

Hunter regretta son petit mouvement d'humeur. Il

savait que sa mère voulait pour lui le meilleur. Il n'avait pas à s'en prendre à elle, même lorsqu'elle dépassait les bornes.

— Merci, je le sais déjà.

— Dans ce cas, prends ton courage à deux mains et dis-lui ce que tu ressens pour elle. Si j'avais reçu un billet chaque fois qu'un homme a refusé de parler alors qu'il aurait dû le faire, j'aurais un appartement en Floride à l'heure qu'il est !

— Tu te serais vite ennuyée en Floride, rétorqua-t-il. Il y a trop de vieux.

— Mais beaucoup d'hommes riches et célibataires aussi.

— Arrête…

Elle partit à rire.

— D'accord, je te taquine, mais tu marches à tous les coups.

— Tu es vraiment tordue.

— Est-ce que Melanie me ressemble ?

— Non, elle est complètement à l'opposé de toi, répondit-il avec un grand sourire. Comme aucune femme ne peut se mesurer à toi, j'ai préféré en choisir une aux antipodes de toi. Melanie est un peu naïve, très douce et très organisée.

— Tu as raison, elle ne me ressemble pas du tout !

Elle lui vola une frite.

— Tu sais, je pense que c'est ce qui explique pourquoi je n'aimais pas Danielle. Elle me ressemblait trop.

Hunter n'y avait jamais pensé auparavant, mais elle avait raison.

— C'est terrifiant.

— Il me tarde de rencontrer ta nouvelle amie, dit-elle en riant.

— Tu te fies trop à mon charme.

Il n'était pas aussi sûr de lui.

— Evidemment. D'abord, je t'ai élevé. Mais tu es aussi le fils de ton père, et cet homme était terriblement sexy et séduisant. Je ne pouvais pas lui résister. Cette fille va te manger dans la main, j'en suis sûre !

La remarque était flatteuse, autant pour lui que pour son père. Pourtant, tout lui paraissait si difficile…

Il fit un signe au serveur.

— Pouvez-vous nous apporter l'addition, s'il vous plaît ?

Il était l'heure de rentrer chez lui et de réfléchir à tout cela.

— Souviens-toi de Richard Gere, dit sa mère.

— Quel est le rapport ? s'esclaffa-t-il, en prenant son verre de bière.

— Tu es comme lui : officier *et* un gentleman.

Il faillit s'étrangler. Il devait avoir un piètre sens de l'humour.

— Merci pour ta confiance, répondit-il. Je ferai de mon mieux pour ne pas te décevoir.

Ni elle, ni lui. Car il voulait à tout prix Melanie.

Melanie passa la journée à consulter son téléphone, tout en épluchant les offres d'emploi. Etrangement, elle ne ressentait pas la peur panique à laquelle elle s'attendait. Elle avait quitté son emploi sur un coup de tête. Elle était célibataire, par choix en ce qui concernait Ian, mais pas Hunter. Pourtant, si elle devait retenir une leçon, c'était qu'elle ne pouvait contraindre personne à avoir des sentiments pour elle.

Depuis qu'elle avait quitté le bureau de Ian en coup

de vent, celui-ci ne s'était plus manifesté. Elle prévoyait de retourner à Bainbridge Studios pour informer ses collègues de son départ, et récupérer le reste de ses affaires. Il serait grotesque de donner un préavis de deux semaines tant elle se sentait mal à l'aise à l'idée de retourner travailler, mais elle devait au moins transmettre les dossiers en cours aux autres employés.

Elle alla dans la cuisine et sortit du réfrigérateur les restes d'un repas chinois.

Non, ce n'était pas son emploi, ni Ian qui l'ennuyaient. Enfin pas vraiment.

C'était surtout Hunter.

Comment avait-il pu la laisser et ne pas prendre la peine de répondre à ses SMS ou à ses appels ? Elle ne croyait pas qu'il agissait ainsi pour la protéger. C'était un prétexte.

Elle enfourna le plat dans le four à micro-ondes et referma la porte d'un geste rageur. Non, en réalité, s'il ne l'appelait pas, c'était parce qu'il avait été renvoyé à cause d'elle.

Il fallait qu'elle prenne son courage à deux mains et l'appelle de nouveau. Cette fois, elle ne se contenterait pas d'un SMS.

C'était comme avec la tyrolienne. Il suffisait de fermer les yeux et de se lancer.

Au moment où elle tendait la main vers son téléphone, celui-ci vibra.

A fleur de peau, elle sursauta.

— Oh ! mon Dieu ! jura-t-elle dans son appartement vide.

C'était Hunter.

Est-ce que je peux venir te chercher à ton bureau, demain ? Il faut qu'on parle.

Ce à quoi elle répondit aussitôt :

Je ne pense pas que ce soit une très bonne idée.

Ainsi, il voulait parler avec elle, songea-t-elle, le cœur battant la chamade. C'était certainement bon signe… Elle se rendit compte soudain de l'ambiguïté de sa réponse. Elle avait l'air de sous-entendre que c'était le fait de parler qui était une mauvaise idée.

— Qu'est-ce qui ne va pas chez moi ! grommela-t-elle. Je ne suis vraiment pas douée pour les SMS.

Elle en renvoya un deuxième :

Je reformule : j'aimerais beaucoup parler avec toi, mais pas au bureau.

Sa réponse manquait d'assurance, mais elle était si heureuse d'avoir des nouvelles de Hunter qu'elle avait écrit plus vite qu'elle n'avait réfléchi. Pourquoi plus personne ne prenait-il son téléphone pour appeler ? Elle s'expliquerait tellement mieux à haute voix !

Et j'ai parlé à Ian.

A quel sujet ?

Elle inspira profondément. Il fallait tout lui dire. Vraiment tout. Et s'il préférait échanger par messages, qu'il en soit ainsi.

J'ai démissionné. Je ne veux plus travailler pour lui. Je veux prendre un nouveau départ, dans un endroit où je serai appréciée.

Après avoir retiré son assiette du four, elle saisit sa

fourchette et enfourna une bouchée de nouilles chinoises d'une main nerveuse.

Tu mérites vraiment d'être appréciée.

Que devait-elle comprendre ?

Il m'a dit que tu avais été renvoyé. Je suis vraiment désolée, Hunter.

Elle se décida enfin à prendre son téléphone et l'appeler.
— Allô ?
— Je ne peux pas tout t'expliquer par SMS, Hunter, dit-elle de but en blanc d'une voix hachée, comme si elle venait de faire un marathon.
En montée.
— Je me suis mal comportée, et je ne sais pas comment te dire les choses. Je suis vraiment désolée que tu aies été renvoyé. J'aurais dû me taire. Je comprends que tu puisses me détester.
— Ne t'inquiète pas. Je sais que ce n'était pas ton intention. Moi aussi, je me suis mal comporté. Je n'aurais pas dû partir de chez toi comme je l'ai fait l'autre soir.
Il s'était exprimé d'un ton bourru, comme la première fois qu'elle l'avait rencontré.
— C'était stupide de ma part, ajouta-t-il.
— Je ne m'attendais pas à ça, reconnut-elle. C'était si… soudain.
Si seulement elle savait ce qu'il avait dans la tête ! songea-t-elle, fermant les yeux.
Un appel valait mieux qu'un SMS, mais ce n'était pas comme avoir la personne devant soi et étudier son visage. Pouvoir la toucher. C'était si difficile ! Elle voulait lui dire qu'elle était tombée amoureuse de lui, mais pas

par téléphone. Elle avait besoin de voir sa réaction, son regard.

— Je ne voulais pas te blesser, Melly.

Un énorme blanc s'installa entre eux.

Il devait bien avoir autre chose à lui dire, non ?

Ne sachant quoi ajouter, elle répondit platement :

— D'accord, merci.

Ils manifestaient la même politesse que la fois précédente, dans son appartement. Où était passée la complicité qu'ils avaient partagée à Cancún ?

— Tout va bien ? demanda-t-il sur un ton hésitant.

Un appel ne résoudrait rien. Elle sentit de nouveau sa gorge se nouer.

— Tu veux toujours qu'on se voie demain ? demanda-t-elle. Nous pourrions nous rencontrer dans un endroit qui soit pratique pour tous les deux.

— Tu vas à Bainbridges Studios ?

— Oui, il faut que je remette officiellement ma démission et que je récupère quelques affaires.

— Ian sera là ?

— Je n'en sais rien, sans doute pas. Il a plusieurs rendez-vous.

Franchement, elle ne savait pas où Hunter voulait en venir. A Cancún, elle n'avait eu aucune difficulté à le comprendre. Il avait même été très direct.

Toute la semaine, elle avait espéré avoir de ses nouvelles, mais maintenant qu'il l'avait au téléphone, il ne faisait rien pour apaiser ses craintes.

Et elle se sentait… terriblement triste !

Comme si elle avait perdu cet homme avant même d'avoir été avec lui.

— Hm, d'accord. Appelle-moi quand tu auras terminé. Nous pourrons ensuite fixer un lieu de rendez-vous.

Une autre façon de la rejeter.

Le temps qu'ils s'appellent et qu'ils déterminent un lieu de rendez-vous, ils finiraient par se retrouver dans un bar vers 20 heures, au plus tôt. Après une semaine d'angoisse à se languir de lui, elle allait soit lui cracher ses sentiments, soit se taire à jamais.

Elle avait déjà commencé à se taire.

— Oui, parfait. Passe une bonne soirée, dit-elle, comme si elle mettait fin à un appel avec son conseiller bancaire.

Elle avait touché et vu chaque parcelle de son corps. Elle l'avait senti bouger en elle. Pourtant, il lui paraissait aussi lointain que la brise chaude et le sable blanc du Mexique.

Les vitres de son appartement tremblèrent sous les bourrasques du blizzard.

Elle contempla d'un air dégoûté son assiette et posa sa fourchette.

Son téléphone vibra de nouveau et elle le saisit, le cœur battant à tout rompre. Mais c'était simplement une alerte qui lui rappelait que c'était la nuit la plus longue de l'année.

Comme si elle avait besoin d'un rappel pour ça ! Elle en était déjà plus que consciente.

Chapitre 16

Hunter était sincère lorsqu'il avait affirmé à Melanie qu'il n'était pas doué pour exprimer ses émotions. Il n'était pas non plus connu pour son romantisme. A ce petit jeu-là, il était même très mauvais. A la manière dont il s'était comporté depuis leur retour de Cancún, il pensait que c'était évident. Il était plutôt expert dans l'art d'écouter, pas dans celui de parler.

L'appel de Melanie lui avait rappelé que l'on communiquait très mal par SMS ; il était furieux de ne pas avoir pris son téléphone le premier et de sa raideur pendant toute leur conversation. L'espace d'une minute, il avait cru que sa mère avait tort, et que la profondeur de ses sentiments pour Melanie n'avait aucune importance. Elle méritait mieux que lui. Puis il avait compris que l'insulte suprême, c'était de ne pas lui laisser la possibilité d'en décider par elle-même. S'il la respectait et s'il l'appréciait, il devait lui laisser l'occasion de l'accepter ou de le rejeter.

Si elle pensait qu'elle était prête à sortir avec lui après sa rupture avec Ian, qui était-il pour lui dire le contraire ?

Son rôle était de la soutenir, non de lui dicter ses actes. Il aurait dû se fier à sa force au lieu de s'en détourner.

L'immeuble où se trouvait Bainbridge Studios était tout de verre. Comme la nuit était tombée très tôt, Hunter voyait tout ce qui s'y passait à travers les fenêtres éclairées. Il aperçut Melanie qui emballait ses effets personnels, s'entretenant de temps en temps avec des collègues. Elle portait un pull, un pantalon noir moulant et des bottes qui l'inspirèrent au plus haut point : comme elle serait belle, vêtue uniquement de ces bottes, d'un soutien-gorge et d'une culotte !

L'image déclencha aussitôt en lui une bouffée de désir.

Soufflant sur ses doigts gourds, il faisait les cent pas comme un voyeur, attendant le bon moment pour agir. Il avait encore une dizaine de minutes devant lui avant qu'elle ait terminé. Il ne fallait pas tout gâcher.

Il repensa aux propos de sa mère à propos d'*Officier et Gentleman* et de Richard Gere.

Balivernes…

Il traversa la rue à grands pas et ouvrit la porte de Bainbridge Studios.

A l'accueil, l'hôtesse leva les yeux vers lui.

— Bonjour, dit-elle avec un sourire engageant. Vous êtes M. Ryan, de l'entreprise de sécurité ?

— Oui, répondit-il.

Puis il passa devant le comptoir, ignorant la femme qui s'était à moitié levée de son siège.

— Vous ne pouvez pas passer…, protesta-t-elle.

Il ne se retourna pas, ignora les paires d'yeux qui le fixaient, tandis qu'il passait devant les bureaux dispersés dans le grand espace ouvert. Même si cela risquait de le tuer, il était prêt à se délier la langue et à exprimer ses sentiments.

Soudain, Melanie se retourna, comme si elle avait senti sa présence.

— Hunter ? murmura-t-elle de sa voix rauque et sexy, si pleine de promesses.

Cette voix, il l'avait entendue, allongé sur elle, murmurant son nom au creux de son oreille, tout en la pénétrant. Il se rappela sa tendresse, sa générosité, sa promptitude à le caresser et à le câliner. Son merveilleux sourire dans le hamac, immortalisé sur une photo qu'il avait passé des heures à regarder, ces deux derniers jours.

— Je croyais que je devais t'envoyer un SMS quand j'avais terminé, balbutia-t-elle.

Il avança vers elle à grands pas, prit son visage en coupe et l'embrassa devant tout le monde. Sa bouche tremblait sous la sienne. Il l'embrassa durement, laissant ses lèvres parler pour lui.

Lorsqu'il s'écarta, il croisa son regard plein de confusion mais aussi d'une autre chose qui lui permit de trouver ses mots.

— Melly, je suis tombé amoureux de toi. Je sais que ça peut paraître fou, mais je n'ai pas envie de te voir uniquement de temps en temps, ni tout gâcher sous prétexte que je n'ai pas le courage de t'avouer mes sentiments. Ou parce que j'ai peur de te blesser, ou que tu me blesses. J'ai envie d'être avec toi parce que je pense que tu es une femme formidable. Je t'aime, Melly !

Melanie fixa Hunter, sous le choc, incapable de réagir. Oui, elle avait bien entendu : il l'aimait !

Cela lui paraissait impossible. Pourtant, ses paroles ne laissaient subsister aucun doute. Et il ne disait jamais rien qu'il ne pensait pas. Il n'aimait pas non plus s'exposer aux regards de tous comme il venait de le faire. Il l'avait cependant fait.

Il était si beau dans son costume, avec sa mâchoire volontaire et son regard d'une rare intensité ! Elle lissa d'une main tremblante sa cravate, submergée par les émotions et par une grande bouffée de tendresse.

— Moi aussi, je t'aime. Je voulais te le dire depuis plusieurs jours, mais tu aurais certainement cru que j'avais perdu l'esprit.

— Tu n'as rien perdu du tout. Tu as gagné un homme, que tu le veuilles ou non.

De longs frissons la parcoururent, comme un déferlement de décharges électriques. Un homme... Il ne lui proposait pas une simple relation, il lui proposait d'être à elle.

— J'adore cette idée, dit-elle, tirant un peu plus fort sur sa cravate. Vraiment beaucoup.

— Partons d'ici alors.

Il se pencha et la souleva dans ses bras.

Elle poussa un petit cri gêné. Tous ses collègues les regardaient. Elle décida de les ignorer. Elle ne voulait plus se cacher.

— Tu as toujours eu les meilleures idées, dit-elle, passant les bras autour de sa nuque.

Une collègue saisit au passage son sac et son manteau et les lui tendit, une pointe d'envie dans le regard.

— Merci, lui dit Melanie.

Le reste de ses affaires pouvait attendre le lendemain. Ou jamais. Elle se fichait bien de son agrafeuse !

Hunter traversa le bureau, la portant toujours.

— Tu veux dîner ? proposa-t-il.

— A condition de nous faire livrer. Mon appartement se trouve juste au coin de la rue.

Il lui avait tant manqué ! Elle ne voulait pas être séparée de lui par une table de restaurant. Elle avait besoin de le toucher. Jusqu'à épuisement. De le caresser de manière indécente, comme il était impossible de le faire en public. Ou même sur une plage à Cancún.

— Va pour la livraison. Mettons-nous en couple, Melly.

Elle rit doucement.

— Je n'arrive pas à croire que tu aies dit ça.

Il ouvrit la porte de l'immeuble avec un grand sourire.

— Et pourtant, je l'ai dit. Tu veux que je te montre ce que ça veut dire ?

Un frisson la parcourut, qui n'était certainement pas dû à l'air froid et cinglant qui les saisit à l'extérieur du bâtiment.

— Oui.

Il s'exécuta et elle oublia tout du monde autour d'eux, à l'exception de cette délicieuse définition de l'expression « être ensemble ».

Si vous avez aimé ce roman
découvrez sans attendre
les précédents romans de la série
« Le désir nu » :

Pour être à toi, Erin McCarthy
Pour te revenir, Erin McCarthy

Disponibles dès à présent sur www.harlequin.fr

Retrouvez en mars,
dans votre collection

Sexy

Ton fantasme, mon secret, de Jeffe Kennedy - N°26

SEXY GAMES - TOME 1

« Je réaliserai tous tes fantasmes. Mais, d'abord, tu dois apprendre à me faire confiance. » Confiance ? Emily ne se fie à personne ! C'est la seule façon de garantir sa sécurité, et la raison pour laquelle elle a veillé à garder ses distances avec les habitants de la petite île brumeuse de la côte Est où elle a trouvé refuge sous une fausse identité. Pourtant, face à Fox Mullins, son nouveau – et très séduisant – voisin, elle sent un enivrant mélange de peur et d'excitation la gagner. Cet homme éveille en elle un désir primitif. Quelque chose de puissant, de sombre… et de libérateur. Car, elle le devine, si elle s'abandonne à lui, il lui permettra d'oublier – pour quelques heures du moins –, le secret qui ne la quitte jamais…

Le maître de ses nuits, de Kelli Ireland - N°27

Le rythme enivrant de la musique, une main qui glisse doucement sur sa peau, une voix rauque qui murmure à son oreille… Jamais Cass n'aurait imaginé qu'une soirée avec un strip-teaseur pourrait être une expérience aussi érotique. Quand elle a réservé les services de Dalton Chase pour épicer l'enterrement de vie de jeune fille de sa meilleure amie, elle s'attendait à quelque chose de léger, de vaguement ridicule. Pas à cette sensualité folle qui la trouble au plus profond d'elle-même. Face à cet homme, elle n'est plus que désir – un désir brûlant et dévorant. Mais quelque chose la retient : si Dalton la touche, elle en sera changée à jamais, elle le pressent. Et que ferait-elle d'un strip-teaseur dans sa vie – elle, la très respectable femme d'affaires ?

Sexy

A l'épreuve du désir, de Sarah Mayberry - N°28

Vingt minutes top chrono. C'est le temps que Poppy a octroyé à Jack Stevens pour lui procurer l'orgasme le plus éblouissant de sa vie. Un pari stupide, qu'elle regrette à la seconde où il fait passer son t-shirt par-dessus sa tête pour dévoiler ses abdominaux parfaits. Certes, elle voulait le remettre à sa place, lui prouver qu'elle n'avait pas besoin d'un homme dans sa vie, mais de là à finir au lit avec un collègue… Pire, un homme qu'elle hait profondément… dans quoi s'est-elle lancée ? Car la dernière chose dont elle a besoin, c'est bien d'avoir la tête pleine des souvenirs du corps brûlant de Jack contre le sien, de son regard acier chargé de désir, et du plaisir – à n'en pas douter inoubliable – qu'il va lui donner, à chaque fois qu'elle se retrouvera face à lui en réunion…

Affolante obsession, de Sarah McCarty - N°29

HELL'S HEIGHT - TOME 7

Son démon tentateur. Voilà ce que représente Petunia Wayfield pour Ace Parker. C'est bien simple : depuis que cette femme a mis un pied à Simple, Texas, il est incapable de se la sortir de la tête. Pourtant, avec ses robes boutonnées jusqu'au menton, son petit air moralisateur et son tempérament frondeur, elle n'est pas une femme pour lui. Sa vie à lui, c'est la violence, les saloons et les filles faciles. Que ferait-il de cette petite institutrice bien proprette ? Pourtant, quand il plonge son regard dans le sien, il y lit un défi, une provocation contre lesquels il est incapable de lutter. Cette lueur au fond de ses yeux, cette façon de redresser subtilement le menton lorsqu'il s'approche d'elle… Tout en elle lui crie qu'elle est celle qui acceptera la noirceur de son âme, qui lui offrira son corps pour y exorciser ses démons, celle dont il ne pourra jamais se lasser, et qu'il pourrait peut-être même aimer…

HARLEQUIN

Sexy :
Osez la romance érotique !

HARLEQUIN
www.harlequin.fr

Composé et édité par HARLEQUIN

Achevé d'imprimer en Italie (Milan)
par Rotolito Lombarda
en décembre 2015

Dépôt légal en janvier 2016

Pour l'éditeur, le principe est d'utiliser des papiers composés de fibres naturelles, renouvelables, recyclables, et fabriquées à partir de bois issus de forêts gérées selon un système d'aménagement durable. En outre, l'éditeur attend de ses fournisseurs de papier qu'ils s'inscrivent dans une démarche de certification environnementale reconnue.